KB121943

로크미디어가
유혹하는
재미있는 세상

천외천의 주인 19

2022년 1월 10일 초판 1쇄 인쇄
2022년 1월 13일 초판 1쇄 발행

지은이 한수오
발행인 김정수 강준규

기획 이기헌 왕소현 박경무 강민구
책임편집 오영란
마케팅지원 배진경 임혜솔 송지유 이영선

발행처 (주)로크미디어
출판등록 2003년 3월 24일
주소 서울시 마포구 성암로 330 DMC첨단산업센터 318호
Tel (02)3273-5135 **편집** 070-7863-8596 **Fax** (02)3273-5134
홈페이지 rokmedia.com **E-mail** rokmedia@empas.com

ⓒ 한수오, 2020

값 8,000원

ISBN 979-11-354-7383-8 (19권)
ISBN 979-11-354-8621-0 04810 (세트)

한수오 신무협 장편소설

19

천외천의 주인

| 무정풍운無情風雲 |

차례

마도魔道

설무백의 관여로 무림맹과 흑도천상화의 요인이 처음으로 마주하는 자리가 마련된 그 시점, 중원에서 이역만리 떨어진 서장(西藏)의 모처에서는 폭풍우가 몰아치고 있었다.

서장의 중심 도시인 랍살(拉薩)의 서북쪽에 자리한 명산, 서장의 지배자라 불리는 포달랍궁(布達拉宮)이 자리한 세외도원(世外桃源)인 마포일산(馬布日山)의 깊은 산기슭이었다.

밤하늘은 첩첩이 쌓인 먹구름이 꿈틀거리는 가운데, 거센 비바람이 몰아쳐서 우거진 숲을 무섭게 뒤흔들고, 거미줄처럼 어지럽게 작렬하는 푸른 번개가 쉴 새 없이 하늘과 땅을 갈랐다.

세상천지가 온통 피터지게 울부짖는 것 같은 그 마포일산의 산기슭을 느긋하게 거스르는 사람들이 있었다.

세 사람이었다.

중후한 인상에 한없이 깊고 그윽해서 섬뜩한 느낌의 눈빛을 가진 선풍도골의 노인과 역삼각형 얼굴에 좌우로 찢어진 실눈, 작은 코와 뾰족한 턱밑에 드문드문 성기게 난 가느다란 수염으로 인해 영락없는 쥐상의 노인, 그리고 신장이 팔척에 달해서 그야말로 산처럼 거대해 보이는 체구의 흑면인이었다.

그런데 놀랍게도 우장(雨裝)은커녕 방립조차 쓰지 않은 그들의 전신은 물기 하나 없이 멀쩡했다.

거세게 쏟아지는 빗줄기가 그들의 몸에는 전혀 닿지 않고 있었기 때문이다.

그러나 그들의 정체를 알고 있다면 그와 같은 일에 놀랄 사람은 아마도 거의 없을 것이다.

그들이 바로 천사교주와 천사교주를 최측근에서 보필하는 십이신군의 수좌인 자면신군, 그리고 둘째인 축양신군(丑陽神君)인 까닭이다.

천하쟁패를 놓고 싸우는 것으로 알려진 그들이 대체 무슨 연유로 작금의 시점에 이역말리 서장의 산속에 왜 나타난 것일까?

자세한 내막은 알 수 없으나, 이유는 그들로서도 쉽게 납득하기 어려운 것 같았다.

이윽고, 저 멀리 깎아지른 듯한 절벽 위로 너울진 산세를 따라 웅장하게 자리 잡은 서장권력의 실세, 포달랍궁이 시야에 들어오자, 매우 불편한 심경을 드러내며 시작된 그들의 대화가 그것을 대변했다.

"외람된 말씀이오나, 교주님! 혁련(赫蓮) 단주의 이번 소집은 분명한 월권(越權)입니다!"

자면신군이 갑자기 꺼낸 말이었다.

천사교주가 말을 듣고도 한참이나 무심히 걷다가 뒤늦게 반응을 보였다.

"월권이라……?"

"아직 깨어나지도 않으신 대종사의 신패를 사용하질 않았습니까. 이번 집결을 요구하는 대지급에 대종사의 신패를 직인으로 사용하지 않았다면 과연 몇 분이나 나섰을까요? 모르긴 해도, 혁련단주를 옹호하는 몇몇 분들을 제외하고는 거의 다 외면했을 것이 뻔합니다."

"그럴까 봐 대종사의 신패를 사용했을 테지."

"예, 그렇습니다. 그러니 월권인 겁니다. 대종사의 신패를 허락도 없이 자기 것처럼 마음대로 사용했으니까요."

천사교주는 발길을 멈추지 않은 상태로 잠시 생각에 잠겼다가 말했다.

"대종사의 신패는 전권을 위임받으신 대공자님께서 궁(宮)을 떠날 때 혁련단주에게 맡겨 놓은 것이라고 했다. 그건 또 다른 위임으로 볼 수 없다는 건가?"

자면신군은 단호하게 부정했다.

"예, 없습니다! 대공자께서 혁련단주에게 대종사님의 신패를 맡긴 것은 위임이 아니라 보관이라고 봐야 합니다. 그게 아니라면 먼 길을 떠나시면서 그리 비밀리에 맡길 이유가 없지 않겠습니까."

천사교주는 수긍하듯 고개를 끄덕이며 무심한 어조로 물었다.

"그렇다고 치고, 그럼 이제 어쩔까? 혁련단주의 행위에 제동을 걸고, 대공자께서 맡긴 신패가 위임이 아니라 보관이라는 주장을 내세워서 우리 천사교가 궁을 이탈하면 될까?"

자면신군의 낯빛이 새하얗게 질려서 그대로 발걸음을 멈추며 바닥에 엎드려서 머리를 조아렸다.

"그, 그런! 저, 저는 전혀 그런 뜻으로 말씀드린 것이 아니라……!"

천사교주의 나직한 목소리가 자면신군의 귓가를 스산하게 스쳤다.

"그런 뜻이 아니면 더 이상 물고 늘어지지 말고 그 정도로 끝내. 꼬투리를 잡자면 얼마든지 잡을 수 있는 문제지만, 적어도 그걸 내가 하고 싶지는 않아. 그건 섣불리 나대는 거고, 모두의 표적이 되는 일이니까. 무슨 말인지 알겠지?"

"예, 알겠습니다!"

"알고만 있으면 안 돼. 그렇게 따라야지. 따르지 않는 사람을 곁에 둘 수는 없지 않은가 말이야."

"예, 따르겠습니다! 믿어 주십시오!"

자면신군은 거듭 힘주어 대답하며 바닥에 머리를 찧었다. 그로서는 선택의 여지가 없는 일이었다.

그는 다른 누구보다도 천사교주를 잘 알고 있기 때문이다.

절대 그냥 하는 말이 없고, 한번 말해서 지키지 않은 적이 없는 사람이 바로 그가 아는 천사교주인 것이다.

천사교주가 곱지 않은 시선으로 바닥에 엎드린 자면신군을 바라보며 끌끌 혀를 차고는 발길을 재촉했다.

"길에서 뭐 하는 짓이야? 어서 가자. 늦겠다."

"감사합니다, 교주!"

자면신군은 두 말없이 벌떡 일어나서 격하게 고마움을 표시하며 천사교주의 뒤를 따랐다.

깎아지른 절벽 위의 산세를 아우르며 자리한 포달랍궁은 산허리를 돌아서 올라가는 길도 매우 가팔랐다.

다만 산중의 기후는 변화무쌍의 극치라더니, 과연 그래서 이내 몰아치던 폭우가 그치고 거친 바람마저 거짓말처럼 잦자들어서 그들의 발길은 한결 편해져 있었다.

골치가 아플 정도로 지독한 피비린내가 물씬 나기 시작한 것이 바로 그때, 산중턱을 넘어선 그들의 시야로 밤하늘에 걸친 포달랍궁의 그림자가 보다 더 선명하게 보이기 시작할 무렵이었다.

그리고 그 이유도 이내 그들의 눈에 들어왔다.

가파르면서도 구불구불하게 이어진 산길의 좌우로 머리와 다리 혹은 조각난 몸통 아래 내장이 뿌려진 시체가 줄지어 늘어져 있었고, 그 곁의 수풀은 온통 검붉은 피 칠갑을 하고 있었다.

조각내서 뿌려진 시체와 이 정도의 핏물이 저기 저 포달랍궁까지 이어져 있다면 적어도 수천의 목숨이 사용되었을 터였다.

천사교주의 이마가 절로 찌푸려졌다.

그때 뒤쪽에서 음충맞은 누군가의 목소리가 들려왔다.

"궁에서 이런 짓을 할 작자는 한 사람밖에 없지. 안 그래?"

세 사람이 그들의 뒤에 나타나 있었다.

정확히 말하면 목소리가 먼저 들렸고, 그다음에 그들이 나타났다.

붉은 도포와 도관, 붉은 머리카락에 붉은 눈썹, 붉은 두 눈과 당장이라도 핏물을 토해 낼 것 같은 붉은 입술 등, 온통 핏빛 일색의 노인과 대나무처럼 바싹 마른 체구에 반달처럼 크게 휘어진 거대한 반월도(半月刀)를 등에 업고 있는 실눈의 사내였다.

마도오문의 하나인 혈문의 문주 혈뇌사야와 그 제자인 혈검사영(血劍死影)이었다.

천사교주는 벌써부터 그들이 뒤따르고 있다는 사실을 알고 있었기에 대수롭지 않게 돌아서다가 이내 이채로운 눈빛을 드러냈다.

"오늘은 혼자가 아니네?"

혈뇌사야의 대답에 앞서 자면노인과 혈검사영이 저마다 혈뇌사야와 천사교주를 향해 공수하며 고개를 숙였다.

혈뇌사야가 그에 아랑곳하지 않고 음충맞게 웃는 낯으로 대답했다.

"안계를 넓힐 수 기회잖아. 우리 같은 잡종들을 또 어디서 보겠나. 흐흐흐……!"

"그럼 작은애도 데려왔어야지? 그 아이가 혈검우사(血劍雨士)였던가?"

"그 녀석은 틀렸어. 아직까지도 백팔혈관(百八血關)을 통과하지 못해서 근신 중이야."

천사교주가 의미심장한 미소를 흘렸다.

"제자의 부족을 말하는 사람치고는 꽤나 경쾌한 목소리군. 전혀 아쉬워하는 것 같지 않은데 그래?"

혈뇌사야가 묘하게 웃는 낯으로 어깨를 으쓱하는 것으로 대답을 회피하고는 주변을 둘러보며 말문을 돌렸다.

"그보다 네가 보기엔 어때? 대공자가 실종된 이후에 이공자의 광증이 더 심해진 것 같지 않아?"

작금의 사태가 이공자의 짓이라고 확신하며 묻는 말이었다.

천사교주는 가볍게 고개를 끄덕이는 것으로 수긍하며 대답했다.

"그런 것 같군. 전에는 이 정도까지는 아니었는데 말이지."

혈뇌사야가 음충맞게 웃으며 천사교주를 쳐다보았다.

"어째 별다른 감흥을 안 보이네? 이 짓을 꾸민 이공자의 분노가 계획을 예정대로 진척시키지 못하고 있는 네게 향하고 있을 거라는 생각이 전혀 안 드나 보지?"

천사교주는 심드렁한 태도로 어깨를 으쓱하며 대꾸했다.

"괜찮아. 그게 불만인 사람이 있다면 그게 누구라도, 설령 이공자가 아니라 다른 사람이라도 얼마든지 지금의 내 자리와 바꾸어 줄 용의가 있으니까."

혈뇌사야가 눈이 커져서 물었다.

"그 정도냐? 십천세의 위세가?"

"십천세만이 아니야."

"또 누가 더 있다는 건데?"

천사교주는 픽 하고 의미심장한 실소를 흘리며 더는 대답하지 않고 돌아서서 발길을 재촉했다.

"가자. 어차피 누군가의 입에서는 나올 문제일 텐데, 두 번 말하기 싫다."

혈뇌사야가 그도 그렇겠다는 듯 고개를 끄덕이는 것으로 수긍하고는 재빨리 천사교주의 뒤를 따라붙었다.

정상의 포달랍궁을 향해서 뱀의 몸뚱이처럼 구불구불 이어진 가파른 길가는 천사교주의 예상대로 조각난 시체와 검붉은 피 칠갑으로 도배되어 있는 상태였다.

그러나 그마저도 시작에 불과했다.

마침내 비탈길이 끝나고, 산정의 평지가 나와 저 멀리 포달랍궁의 정문이 보였다.

거기에는 더욱 끔찍한 광경이 펼쳐져 있었다.

대략 삼십여 장의 거리였다.

산정에 오르는 순간부터 포달랍궁의 정문에 이르기까지 거리의 좌우에는 일 장에 달하는 거대한 말뚝이 줄지어 세워져 있었다.

그리고 거기 말뚝 위에는 사람들이, 정확히는 황색가사를 걸친 포달랍궁의 라마승들이 작대기에 찔린 개구리처럼 복부나 옆구리 또는 가슴이 관통당한 상태로 널려 있었다.

끔찍하도록 잔인한 인간 꼬치들!

아직 죽지 않고 살아서 꿈틀거리는 라마승들이었다.

혈뇌사야가 음충맞게 중얼거렸다.

"포달랍궁에서 거하는 황교(黃敎)의 라마승들이군. 홍마귀(紅魔鬼)가 아주 이공자의 비위를 제대로 맞추어서 처리했는데 그래. 흐흐흐……!"

그때 사방에 온통 횃불이 밝혀져서 대낮처럼 밝은 포달랍궁의 정문에서 일단의 무리가 밖으로 나왔다.

길가의 말뚝에 박혀서 죽어 가는 라마승와 같은 형태의 가사이긴 하나 황색이 아니라 검은색의 가사를 입은 라마승들이었다.

그중 흑의라마승 하나가 선두로 나서서 천사교주 등을 맞이했다.

"늦으셨군요. 어서 가시지요. 벌써 다들 오셔서 기다리고 계십니다."

천사교주가 길잡이를 하려는 듯 돌아서는 흑의라마승을 따라가지 않고 그 자리에 서서 말했다.

"낭리사(狼利土), '늦으셨군요.'가 아니라 '어서 오십시오.', '어서 가시지요.'가 아니라 '그간 별고 없으셨습니까.'가 먼저인 거다. 얼마나 못 봤다고 그새 인사법도 잊었다는 거냐?"

흑의라마승, 낭리사가 우뚝 멈추며 돌아섰다.

천사교주가 그의 입에서 무언가 다른 말이 나오기 전에 다시 말했다.

"가르쳐 준 데로 다시 해 봐."

낭리사가 잠시 예리한 눈초리로 천사교주를 바라보다가 이내 천천히 공수하며 고개를 숙였다.

"어서 오십시오, 교주님. 그리고 문주님. 그간 별고 없으셨습니까."

천사교주가 방금 전에 무슨 일이 있었냐는 듯 태연하게 웃는 낯으로 고개를 끄덕이며 대꾸했다.

"그래, 수고가 많다. 소집령을 받고 왔는데, 소집령을 내린 혁련단주님은 지금 어디에 계시냐?"

낭리사가 한 손을 펼치며 돌아섰다.

"안 그래도 다들 기다리고 계십니다. 이쪽으로 가시지요, 교주님. 문주님도요."

"그래, 가자. 아참!"

천사교주가 발길을 옮기다가 이내 깜빡했다는 듯 돌아서며
낭리사의 뺨을 호되게 후려갈겼다.

짝ㅡ!

경쾌한 타격음과 함께 낭리사의 얼굴이 돌아가며 피가 튀었
다. 워낙 강력한 일격으로 입술이 터진 것인데, 튀어 나가는 붉
은 핏방울 속에 섞인 희뿌연 조각은 부러진 앞니였다.

낭리사가 일말의 신음도 흘리지 않은 채로 고개를 바로하며
천사교주를 바라보았다.

천사교주는 태연하게 웃는 낯으로 그런 낭리사를 쳐다보며
말했다.

"아까 망설인 값이다. 괜찮지?"

"여부가 있겠습니까."

낭리사가 부러진 앞니를 드러낸 채 애써 웃으며 돌아서서 길
잡이로 나섰다.

"가시지요."

천사교주는 그제야 묵묵히 낭리사의 뒤를 따라갔다.

혈뇌사야가 재빨리 그의 뒤에 붙으며 음충맞게 목소리로 물
었다.

"재밌네. 이왕지사 밉보인 김에 어디 한번 해볼 테면 해보라
고 확실하게 더 밉보이겠다는 거냐?"

"아니."

천사교주는 심드렁하게 잘라 말했다.

"그냥 전부터 저놈은 마음에 들지 않았어. 왠지 모르게 우리와 다른 종자인 것 같아서."

"그래?"

혈뇌사야가 예상과 다른 대답이긴 하나 그건 그것대로 무언가 할 말이 더 있다는 표정이었다가 이내 그냥 입을 다물었다.

낭리사의 뒤를 따라서 포달랍궁의 정문을 넘어서자 더욱 잔인하고 참혹하고 광경이 펼쳐져 있었기 때문이다.

세외도원으로 평가받는 마포일산의 능선에 산세를 따라 세워진 포탈랍궁은 주체가 되는 누각의 높이가 사십 장에 달하고, 남북으로 벌어진 폭이 구십 여장, 동서로 이어진 길이가 백삼십여 장에 이르며, 근 만여 개의 칸으로 이루어졌다.

다만 그중에서 중심을 이루는 건축인 궁전은 적색과 백색의 두 가지 궁전으로 나뉘어져 있었다.

적색 궁전을 중심에 두고 좌우로 백색궁전이 배열된 구조인데, 적색 궁전은 역대 법왕(法王)의 령탑(靈塔)과 불당(佛堂)을 아우르고, 좌우측의 백색 궁전은 포달랍궁의 제반정무를 처리하는 곳임과 동시에 라마승들의 주거 구역이다.

즉, 누구라도 포달랍궁의 정문을 통과하면 적백적(赤白赤)의 색으로 조화를 이룬 거대한 아치형 궁전을 마주하며 그 웅장함에 넋을 놓게 되는 것이다.

그러나 오늘은 달랐다.

천사교주 등은 정문을 통과하고도 이색의 조화가 오묘하게
도 삼색으로 보이는 포달랍궁의 웅장한 궁전이 눈에 들어오지
않았다.

궁전 앞에 흡사 콩나물시루처럼 다닥다닥 박힌 거대한 말뚝
들과 거기 꼭대기에 두 손이 묶여서 일자로 늘어져서 길게 갈
라진 배로 내장을 쏟아 낸 채 신음하고 있는 수백의 라마승들
이 그들의 시선을 잡아끌었기 때문이다.

혈뇌사야가 절로 감탄했다.

"이건 또 예상하지 못한 신천지로군그래. 포달랍궁의 십이천
승(十二天僧)과 염화선승(拈華禪僧)들은 그렇다 쳐도, 이걸 꾸며서
보이자고 대뢰음사(大雷音寺)에 거하는 황교의 백팔호법승(百八護
法僧)을 살려서 여기까지 끌고 왔다는 건가?"

그랬다.

포달랍궁의 본청인 대궁전 마당에 박힌 말뚝에 묶여서 내장
을 늘어트린 처참한 모습으로 죽어 가는 라마승들은 바로 포달
랍궁의 원로들인 십천승과 그들의 제자들인 염화선승들, 그리
고 황교의 결사로서 포달랍궁을 비호하던 대뢰음사의 백팔호
법승들이었다.

천사교주가 심드렁하게 말을 받았다.

"십천승과 백팔호법승의 자리가 하나씩 비는군."

혈뇌사야의 언급과 상관없이 천사교주도 이미 말뚝에 묶여

서 처참한 몰골로 죽어 가는 라마승들의 정체를 알았고, 더 나아가서 그들의 인원이 한 명씩 빠져 있다는 것까지 파악했다.

다만 그만이 아니라 혈뇌사야도 같았다.

그의 말을 듣고 곧바로 흘려낸 혈뇌사의 음충맞은 목소리가 그것을 대변했다.

"충고하는데, 이공자 앞에서 그 소린 하지 마라. 이공자는 어떤 식으로든 자신이 나선 일에 티끌만 한 실수라도 남이 알아보는 건 죽기보다 더 싫어하는 사람이니까."

천사교주가 슬쩍 혈뇌사야를 바라보며 물었다.

"너는 왜 나를 돕는 거냐?"

혈뇌사야가 게슴츠레한 눈초리로 천사교주를 바라보며 되물었다.

"마도오문의 하나인 혈문, 혈가(血家)의 가주인 주제에 말이지?"

천사교주가 부정하지 않았다.

"그래, 혈가의 가주인 주제에."

혈뇌사야가 음충맞게 흐흐거리고는 마치 다른 사람이 들으면 곤란하다는 듯이 천사교주를 향해 고개를 기울이며, 하지만 곁에 있는 사람이라면 누구나 다 들을 수 있는 목소리로 말했다.

"나중에 내가 마도오문을 정화(淨化)하고 대공자의 곁에 서려고 할 때, 가장 쓸 만한 조력자가 될 것 같아서. 흐흐흐……!"

천사교주는 잠시 의미심장한 눈초리로 혈뇌사야를 쳐다보다가 불쑥 물었다.

"넌 아직도 여전히 대공자가 죽지 않고 살아서 돌아올 거라고 믿는 거냐?"

혈뇌사야가 전에 없이 거칠어진 목소리로 경고했다.

"대공자의 죽음을 함부로 논하지 마라! 그건 아무리 너라도 용납하기 어렵다!"

천사교주는 피식 웃으며 사과했다.

"미안, 알았다. 대신 너의 제안은 어디 한번 심도 깊게 고려해 보마."

혈뇌사야가 예의 음충맞은 기소를 흘리며 짧게 말했다.

"좋은 생각이다."

그다음에 스산한 느낌을 주는 그의 전음이 천사교주의 귓속으로 스며들었다.

—대신 나도 일단은 네가 천강시를 넘어서는 역천강시(逆天殭屍)와 사혼강시(邪魂殭屍)를 이미 완성했다는 사실을 비밀로 해 주마. 흐흐흐……!

천사교주는 못내 충격을 받은 듯 살짝 굳어진 표정을 드러내다가 이내 입가에 엷은 미소를 드리우며 가만히 고개를 끄덕이는 것으로 수긍하고 말았다.

무언가 한마디 하려다가 그만둔 것이다.

앞서 나가며 길을 안내하던 낭리사가 죽음의 전시장과도 같은 대궁천의 전면을 우회하며 그들을 돌아보고 있었다.

"이쪽입니다."

대궁전을 우회하자 줄줄이 이어진 전각을 벗하며 후원으로 이어진 길이 나왔다.

포달랍궁의 전면도 그랬지만, 뒤로 돌아가는 그쪽 영내도 사방에 온통 횃불이 밝혀져 있어서 대낮처럼 밝았다.

다만 횃불이 발하는 그 빛들은 어느 사이엔가 밤하늘을 휘영청 밝히고 있는 달빛과 조화를 이루어서 대낮과는 또 다른 느낌으로 포달랍궁의 전역을 마치 보석으로 지은 궁전처럼 눈부시게 만들고 있었다. 그리고 그 절정은 천사교주 등이 낭리사의 안내를 받아서 도착한 포달랍궁의 후원이었다.

포달랍궁의 후원은 산정과 이어진 능선임에도 평야처럼 드넓은 평지였고, 거기 한쪽에는 배를 띄울 수 있을 정도로 넓은 연못이 자리하고 있었다.

대지급을 통해서 오늘 모일 거의 모든 사람들이 이미 집결한 그곳, 적잖게 모순적이게도 용왕담(龍王潭)이라는 이름을 가진 그 연못의 주변은 그야말로 불야성이었다.

사방팔방에 내걸린 횃불과 연못의 주변을 에두른 채 타오르는 수십 개의 거대한 화롯불로 인해 그랬다.

폐관수련에 임하는 대종사의 신패를 직인으로 대지급을 날려서 삼전오문구종(三殿五門九宗)의 주인들을 소집한 혁련단주와 이공자가 거기 있었다.

일명 자바라(啫哱囉)라 불리는 악기인 바라(哱囉)가 일정한 간격으로 맞부딪쳐서 박자를 맞추는 가운데, 줄지어 앉은 이십여 명의 악사들이 신강의 전통 악기들을 연주하는 자리의 앞인 연못가였다.

작은 체구에 얼굴에 주름이 많은 흑삼노인인 혁련단주, 홍인마수(紅燐魔手) 혁련보(赫蓮甫)와 호리호리한 체구에 어디서나 눈에 확 들어올 듯한 백의미공자인 이공자, 극락서생(極樂書生) 악초군(岳樵軍)이 무엇이 그리 좋은지 희희낙락거리고 있었다.

그러나 후원으로 들어선 천사교주 등은 앞서 표달랍궁의 정문으로 들었을 때처럼 오늘 모임의 주체인 그들보다 더 시선을 끄는 것을 발견했다.

거대한 연못의 중앙이었다.

두 개의 높은 기둥이 세워져 있고, 그 기둥에는 의복이 홀딱 벗겨진 채 선혈이 낭자한 알몸으로 매달린 사람이 있었다.

두 사람 다 나이를 짐작하기 어려울 정도로 늙은 라마승이었다.

천사교주와 혈뇌사야가 첫눈에 그들, 두 노인의 정체를 알아보며 중얼거렸다.

"포달랍궁의 대법왕인 금륜(金輪)과 대뢰음사의 주지인 뇌정마불(雷霆魔佛) 아란타(阿蘭駝)로군."

"놀랍군. 둘 다 이미 황교의 신맥(神脈)의 내공인 뇌정(雷霆)의 기운을 빼앗긴 것 같은 걸?"

"뇌정의 기운을 빼앗기고도 저리 살아 있다는 것이 더 놀라운 거 아닌가?"

"산 게 아니라 살려 둔 거지. 저 짓을 하려고."

연못가로 나와 서 있는 악초군과 혁련보는 괜히 희희낙락거리고 있는 것이 아니었다.

그들의 곁에는 검도창 등, 소위 말하는 십팔반 병기가 진열된 병기반이 놓여 있고, 그들은 서로 번갈아 가며 그 병기반에서 아무거나 마음대로 병기를 하나씩 꺼내서 저 멀리 연못의 중앙에 세워진 말뚝에 묶여 있는 포달랍궁의 대법왕 금륜과 대뢰음사의 주지인 아란타를 맞추는 놀이를 하고 있었다.

손이 아니라 발로 차서였는데, 그럼에도 불구하고 금륜대법왕과 아란타의 전신에는 이미 서너 개의 병기가 박혀 있었다.

천사교주의 말을 들은 혈뇌사야가 연못가의 한쪽에 거대한 천막을 쳐놓고 마련한 연회장에 앉아서 잔혹한 유희에 빠져 있는 악초군과 혁련보를 바라보는 삼전오문구종의 주인들을 살피며 히죽 웃었다.

"다들 지루해서 못 살겠다는 표정이군."

"호기심에 때때로 인육까지 즐기는 저들에게 혁련단주가 준비한 이공자의 놀이가 눈에 찰 리 없지."

"역시 너도 이 모든 것이 이공자가 아니라 혁련단주의 소행으로 보는 거냐?"

"이 시점에 그게 중요한가?"

"그럼 너는 이 시점에 중요한 게 뭐라는 건데?"

"음, 그냥 혁련단주가 이유 없이 눈에 거슬린다는 거 정도?"

"하하하……!"

혈뇌사야가 도저히 참을 수 없다는 듯이 박장대소했다. 그리고 한순간 웃음을 그치며 천사교주에게 속삭였다.

"정말 그렇다면 내게 감사해라. 저 물건보다는 역시나 대공자라는 결론이니까."

천사교주는 대답 대신 그저 싱긋 웃어 주고 말았다.

그게 무슨 말이든 그가 말할 수 있는 상황이 아니었다.

혈뇌사야의 가가대소로 말미암아 장내의 시선이 그들에게 집중되었기 때문이다.

"오셨구려, 천(天) 교주. 혈 가주."

이공자 악초군이 번쩍 손을 들며 그들을 불렀다.

"마침 잘 오셨소. 안 그래도 기다리기 무료해서 시작한 놀이도 흥미가 떨어져 가던 참이었는데 말이오. 하하하……!"

천사교주와 혈뇌사야는 가벼운 목례를 취하며 악초군 등의 곁으로 다가갔다.

어차피 그들과 악초군은 서로 상하를 논하기 어려운 관계인지라 그 정도로도 충분한 예의를 취했다고 할 수 있었다.

하지만 악초군은 그런 그들의 태도가 마뜩찮은 것 같았다.

입술에 미소를 떠올린 상태로 굳어진 그의 얼굴이 그것을 대변했다.

우연찮게도 그런 악초군의 시선에 천사교주 등을 앞에서 이끄는 낭리사의 얼굴이, 호되게 따귀를 맞아서 터져 나간 입술과 부러진 앞니가 들어간 것 같았다.

악초군이 대뜸 손을 내밀어서 곁으로 다가온 낭리사의 턱을 잡고 살펴보며 물었다.

"왜 이래?"

낭리사가 선뜻 대답을 못하고 머뭇거렸다.

본의 아닌 듯 본의인 듯 뒤따라오는 천사교주의 눈치를 보는 그였다.

악초군의 시선이 천사교주에게 돌려졌다.

이유를 묻는 눈빛이었다.

천사교주는 대수롭지 않게 말했다.

"예의가 부족하더구려. 해서, 혹시나 이공자에게 누를 끼칠까 우려되어서 내가 조금 단속을 했소이다."

"그랬군요."

악초군이 웃는 낯으로 수긍하며 고개를 끄덕였다. 그리고 싸늘하게 눈빛으로 낭리사를 바라보며 손을 내밀었다.

"칼."

낭리사가 두려운 기색을 드러내며 자신의 칼을 뽑아서 역으로 잡고 손잡이를 악초군에게 내밀었다.

악초군이 칼의 손잡이를 잡으며 말했다.

"그게 누구든 감당할 수 없으면 예의를 지켜라. 이렇게 내 귀로 들어오게 하지 말고. 그래야 마도의 사내지. 안 그래?"

낭리사가 바짝 긴장한 부동자세로 대답했다.

"예, 그렇습니다!"

악초군이 잡았던 칼의 손잡이를 놓으며 싱긋 웃는 낯으로 말했다.

"그런 의미에서 네가 직접 해라. 손이든 발이든 적당하다고 생각되는 죄과를 골라서. 그래야 더욱 기억에 남지 않겠나."

낭리사가 어금니를 악물고 대답했다.

"예, 알겠습니다!"

그리고 칼자루를 잡고 어금니를 악물며 가차 없이 칼을 휘둘렀다.

서걱-!

섬뜩한 소음이 울리고, 팔뚝에서부터 잘라진 그의 왼손이 바닥으로 떨어져서 퍼덕거리며 피를 튀겼다.

뒤늦게 그의 팔뚝에서도 핏줄기가 뿜어졌다.

하지만 작은 신음 하나 흘리지 않은 낭리사는 지혈할 생각도 하지 않은 채 그대로 꼿꼿하게 서서 천사교주를 노려보고만 있었다.

악초군이 그걸 아는지 모르는지 천사교주에게 의미심장한 눈빛을 던지며 말했다.

"애들 교육은 할 때 확실하게 해야지, 안 그러면 다시 되바라지기 일쑤거든요."

애써 낭리사의 적개심을 그냥 넘기려는 마당에 악초군의 건 방진 태도를 접하자 천사교주는 그냥 넘어갈 수가 없었다.

악초군의 태도가 자신에게 향하는 분노임을 인지하고 있는 까닭에 더욱 그랬다.

"내 생각엔 눈알도 빼야 할 것 같소."

악초군이 절로 미간을 찌푸리며 물었다.

"왜죠?"

천사교주는 얄밉도록 냉정하게 있는 그대로의 상황을 말해 주었다.

"아무리 봐도 지금 나를 쳐다보는 저 녀석의 눈빛이 자신의 과오를 뉘우치는 것이 아니라 복수를 다짐하고 있는 것 같아서 말이오."

악초군이 낭리사를 바라보며 물었다.

"정말 그러냐?"

이미 시뻘겋게 상기된 얼굴로 고개를 숙이고 있던 낭리사가 털썩 무릎을 꿇으며 엎드려서 머리를 조아렸다.

"아닙니다! 그저 고통을 이기려고 눈에 힘을 주었을 뿐, 다른 감정은 전혀 없습니다!"

악초군이 천사교주를 향해 어깨를 으쓱해 보였다.

"그렇다는군요."

천사교주는 대답에 앞서 바닥에 머리를 박고 있는 낭리사를 바라보았다.

낭리사는 떨고 있었다.

애써 참고는 있으나 겁을 먹은 모습이었고, 그래서 그는 그냥 피식 웃고 말았다.

그게 누구 때문이든 간에 겁쟁이는 더 이상 그가 상관할 존재가 아닌 것이다.

그는 멋쩍은 기색을 가장하며 말했다.

"내가 너무 과민해서 착각을 했던 모양이구려. 미안하외다."

악초군이 이게 뭐지 싶은 찜찜한 표정으로 천사교주를 바라보았다.

그러나 이제 더 이상은 그가 문제 삼을 것도 없었고, 그럴 수 있는 상황도 아니게 되었다.

시종일관 누구라도 단번에 느낄 수 있는 그들, 두 사람의 대립을 지켜보며 어떻게든 말릴 기회만 엿보던 혁련보가 나섰기 때문이다.

"자, 자, 이제 모든 종사들이 모였으니, 어서 회의를 시작합시다. 대업을 추종하느라 한시가 아까운 종사들의 시간을 헛되이 빼앗아서야 어디 쓰겠소."

혁련보가 알게 모르게 악초군에게 눈치를 주며 주변에 서 있던 붉은 제복 차림의 사내들을 시켜서 낭리사와 그 동료들을 밖으로 내몰았다.

악초군이 알겠다는 듯 어깨를 으쓱하며 선뜻 물러났다.

그사이 붉은 제복 차림의 사내들 중 하나가 나서서 천사교주와 혈뇌사야 등을 연회석에 지정된 자리로 안내했다.

천사교주는 와중에도 뒤로 물러났을 뿐, 자신의 자리로 돌아가지 않고 있는 악초군의 행동이 못내 거슬렸으나, 차마 더는 나설 수가 없었다.

그런데 불길한 예감은 언제나 틀리지 않는다고 과연 천사교주의 찝찝한 기분은 여지없이 들어맞았다.

악초군이 자신의 자리로 돌아가지 않은 이유가 있었다.

악사들의 연주가 그치고, 어느 정도 자리가 정리되자, 악초군이 혁련보의 곁으로 나서며 그것을 드러냈다.

"회의에 들어가기에 앞서 여러 종사들에게 우선적으로 알려 드릴 것이 있소."

악초군의 말이 끝나기 무섭게 사전에 정해진 것처럼 연회석의 한쪽에 자리한 천막에서 두 명의 노인이 밖으로 나왔다.

순간, 장내가 찬물을 끼얹은 것처럼 조용해졌다.

충격에 가까운 의혹과 당황이 불러온 침묵이었고, 못내 찝찝한 기분이던 천사교주도 예외가 아니었다.

천막에서 나선 두 노인은 천사교주는 물론, 장내의 모두가 대번에 알아봤을 정도로 유명하면서도 천사교주를 포함한 장내의 그 누구도 절대 그들을 이곳에서 볼 수 있을 것이라고 예상하지 못한 인물들이었기 때문이다.

악초군이 그와 같은 좌중의 분위기가 매우 흡족한 듯 득의양양한 미소를 지으며 두 노인을 소개했다.

"다들 아실 테니, 굳이 길게 소개할 필요는 없겠지요. 앞으로 우리의 대업에 동참할 쾌활림의 사도진악, 사도 림주와 흑선궁의 부금도, 부 궁주입니다."

장내의 술렁거림은 쉽게 가라앉지 않았다.

이유는 간단했다.

경시를 넘어선 무시와 멸시였다.

사도진악과 부금도는 저마다 십대 고수의 자리를 위협한다고 알려진 무림오왕의 일인들이며, 작금의 강호 무림에서 신마루, 생사천과 더불어 사대흑도로 꼽히는 쾌활림과 흑선궁의 주인들이지만, 지금 장내에 모인 마도의 거목들의 눈에는 적잖게 하찮은 존재들로 보이는 것이다.

하물며 문제는 그뿐만이 아니었다.

지금 이 자리에 그들이 자리했다는 것은, 그것도 악초군의 말마따나 거사의 일원으로 받아들여졌다는 것은 무시나 외면 따위의 기본적인 감정을 떠나서 매우 민감한 사안을 건드리는 문제였다.

천하쟁패를 위한 교란과 지지 기반 확보라는 목적 아래 대종사에게 중원 입성을 허락받은 조직은 오직 천사교 하나뿐이기 때문이다.

느닷없는 대종사의 폐관수련과 아직도 원인을 할 수 없는 대공자의 실종으로 말미암아 적잖게 퇴색되긴 했으나, 악초군은 지금 감히 그 누구도 어쩌지 못하고 눈치만 보고 있는 대종사의 명령을 정면으로 위반하고 있는 것이다.

웅성거림이 멈추지 않는 장내의 모든 시선이 알게 모르게 천사교주에게 쏠리는 이유가 바로 거기에 있었다.

그러나 다들 그저 바라만 볼 뿐, 누구 하나 선뜻 나서는 사람은 없었다.

그건 어쩌면 그들 모두가 이미 가슴에 중원 진출의 야망을 품고 있기 때문인지도 모른다.

천사교주는 주변의 시선에 부응하듯 슬쩍 손을 드는 것으로 발언권을 얻어서 물었다.

"이공자가 저들에게 간 거요, 저들이 이공자에게 온 거요?"

매우 함축적인 의미를 내포한 질문이었다.

또한 악초군이 어떤 대답을 내놓던지 간에 얼마든지 항변으로 이어질 수 있는 질문이기도 했다.

악초군이 그걸 아는 듯 얼마든지 따지고 들어도 좋다는 기색을 드러내며 대답했다.

"물론 저들이 내게 왔지요. 그게 당연한 것 아닌가요?"

천사교주는 좌중의 기대를 저버리지 않고 비꼬는 듯한 말투로 악초군의 말꼬리를 잡으며 물었다.

"저들이 우리를 아니, 이공자의 존재를 어떻게 알았을까요?"

악초군이 태연하게 대꾸했다.

"저들에게도 그 정도의 정보력은 있더이다. 나도 그 점에 놀랐소."

천사교주는 잠시 침묵한 채 악초군을 응시했다.

그러다가 이내 어깨를 으쓱하고는 물러나 앉았다.

"그렇군요. 잘 알았고, 답변 고맙소."

장내의 분위기가 싸하게 변했다.

다들 이게 뭔가 하는 표정으로 어이없어하고 있었다.

서로 물어뜯고 할퀴며 피 튀기게 싸워도 하등 이상할 것이 없는 아니, 마땅히 그래야 하는 사태가 너무나도 허무하고 허탈하게 끝나 버린 것이다.

무언가 다음 답변을 준비하고 있는 것 같은 태세인 악초군조차 어리둥절한 표정으로 천사교주를 바라보고 있을 정도였다.

그러나 정말 그것으로 끝이었다.

천사교주는 더 이상 나설 기미를 조금도 보이지 않았다.

"……그럼 이제 본격적으로……!"

"아니, 그 전에……!"

천사교주의 반응에 못내 찜찜한 기색이던 악초군이 애써 분위기를 쇄신하려는데, 누군가 그의 말을 자르고 나섰다.

"저들이 정말 우리의 역사에 도움을 줄 수 있는 자들인지 확인이 필요할 것 같소, 이공자."

슬쩍 손을 들며 말하는 그는 물감으로 그린 것처럼 붉은 눈썹을 가진 호리호리한 체구의 백발노인, 바로 적미사왕이었다.

적미사왕을 바라보는 악초군의 눈썹이 살짝 일그러졌다.

혈뇌사야가 악초군의 태도를 보고 음충맞은 기소를 흘리며 살짝 고개를 옆으로 기울여서 천사교주에게 귀엣말을 했다.

"알지? 저 종자가 가장 싫어하는 말이 대공자를 천마공자(天魔公子)라 부르는 것과 자기를 이공자라 부르는 거라는 거?"

"알지. 근데, 어째 사뭇 자신감이 붙은 것 같군. 아니면 어디 믿는 구석이 생겼다든가. 전에는 저렇게 대놓고 불쾌한 기색을 드러내지 않았는데 말이지."

천사교주가 고개를 끄덕이며 수긍하고는 슬쩍 적미사왕을 일별하며 덧붙였다.

"그나저나 저 인간도 남몰래 중원의 물맛 좀 봤지 아마?"

"도주한 오독문의 독후를 잡으려고 잠시 운남 지역을 벗어난 것뿐이라고 하더군. 변명도 가지가지야. 호호흐……!"

혈뇌사야가 천사교주의 말을 받으며 특유의 음충맞은 기소를 흘리는 참인데, 잠시 적미사왕을 물끄러미 바라보던 악초군이 히죽 웃으며 물었다.

"어떻게 증명하면 될까요?"

적미사왕이 대수롭지 않게 대꾸했다.

"소문이야 많이 들었소만, 우리가 언제 소문으로 사람을 평가한 적이 있었소. 구차하게 이것저것 따지지 말고 그냥 확인해 봅시다. 우리 같은 무인들에겐 장소에 상관없이 빠르고 편하게 확인할 수 있는 방법이 있지 않소."

적미사왕은 말을 끝맺기 무섭게 자리에서 일어나며 어깨에 두른 다갈색 피풍(皮風)을 한쪽으로 몰아 넘겼다.

피풍에 가려져 있던 그의 허리가 드러났고, 거기 매달린 장검의 손잡이가 고개를 내밀었다.

지금 그는 비무를 말하며 자신이 직접 나서 보겠다는 의도를 전달하고 있는 것이다.

악초군의 예리해진 눈빛이 두 사람, 사도진악과 부금도를 향해 돌아갔다. 의중을 묻는 눈빛이었다.

부금도가 인상을 쓰며 손을 흔들었다.

"같은 편이 되고자 찾아온 마당이오. 같은 편끼리 손을 섞고 싶지는 않소. 솔직히 조금 불쾌하기도 하고 말이오."

"흥!"

적미사왕이 모두가 들을 수 있을 정도로 크게 코웃음을 쳤다. 참으로 가소롭다는 반응이었다.

악초군이 그런 적미사왕을 일별하며 부금도의 말을 받았다.

"나도 같은 생각이오만, 보시다시피 어쩔 도리가 없을 것 같소. 솔직히 말해서 우리들의 관계가 확신이 아닌 의혹으로 시작되는 것은 다른 누구보다도 본인이 원하는 바가 아니라서 말이오."

부금도가 일그러진 눈가로 잠시 악초군의 시선을 마주하다가 이내 곁에 서 있는 사도진악를 보았다.

의중을 묻는 눈빛이었다.

사도진악이 부금도의 뜻을 알았다는 듯 한차례 고개를 끄덕이고는 악초군과 적미사왕을 번갈아 보며 말했다.

"동료끼리 손을 섞는 것은 본인 역시 원하는 바가 아니오만, 적미사왕과 악 공자의 말도 외면할 수 없는 이유가 있다고 생각되니, 이렇게 합시다. 내게 여러분과 함께할 수 있는 능력이 있다는 것은 부족하나마 이렇게 보여 주도록 하겠소."

사도진악의 말을 들은 악초군은, 더 나아가서 부금도조차 어리둥절한 표정이 되어 버렸다.

이게 사전에 정해진 것이 아니라 사도진악이 임의로 하는 말이라는 방증일 터이다.

사도진악은 그에 아랑곳하지 않고 스스럼없이 웃는 낯으로 앞서 자신이 나섰던 천막을 향해 누군가를 호명했다.

"흑표(黑豹)!"

순간, 천막의 입구가 벌어지며 전신이 선혈로 낭자한 모습의 사내 하나가 밖으로 걸어 나왔다.

이십대 후반 정도 되었을까?

칠 척에 달하는 장신에 범종처럼 넓은 어깨, 선이 굵게 사각으로 각진 턱과 어울리지 않게 뱀의 그것처럼 작고 가는 실눈을 가진 특이한 용모의 사내였다.

그 사내, 흑표가 전신에 낭자한 핏물이 자신의 것이 아니라는 것을 보여 주듯 아무렇지도 않게 손으로 툭툭 털어 내고는 이내 누런 이를 드러내며 히죽 웃는 낯으로 사도진악을 향해 공수했다.

"천수나타(千手哪吒) 항정(項情)은 이미 처리했습니다, 주군."

"······항정을 처리······해?"

장내의 모두가 대체 이게 무슨 일인가 싶은 표정으로 눈을 끔뻑이는 사이, 마찬가지로 선뜻 사태를 파악하지 못하고 어리둥절해하는 부금도의 복부로 무언가 뜨거운 물체가 깊숙이 쑤셔 박혔다.

부금도가 자신이 대동한 수하인 천수나타 항정이 흑표의 손에 죽었음을 깨달으며 본능적으로 사도진악과의 거리를 벌리려는 순간에 벌어진 사태였다.

"헉!"

부금도는 경악하고 또 경악하며 불신 가득한 눈빛으로 사도진악을 바라보았다.

본능처럼 손을 내밀어서 움켜잡은 그것, 자신의 복부를 찌르고 들어온 것이 바로 사도진악의 손이었기 때문이다.

"왜······ 이런······?"

사도진악은 빙그레 웃었다. 그리고 부금도의 복부에 쑤셔 넣은 손에 닿은 뜨거운 내장을 움켜잡은 채로 사정없이 당겼다.

"크으······!"

부금도가 신음을 삼키며 뒷걸음질했다.

물러나는 그의 발걸음을 따라서 사도진악의 손에 잡힌 붉은 내장이 길게 늘어지며 피를 튀겼다.

사도진악이 수중의 내장을 내던지며 전광석화처럼 재차 달려들어서 부금도의 목을 움켜잡았다.

부금도가 본능적으로 몸을 비틀며 거듭 물러났으나, 소용없었다.

평소의 몸 상태라면 모를까, 이미 몸에 있는 내장이 거의 다 빠져나갔을 정도로 엄청난 상처를 입은 그의 상태로는 사도진악의 손 속을 전혀 피할 수가 없었던 것이다.

하지만 부금도는 그래도 그냥 거기서 포기하지 않았다.

사도진악이 뻗어 낸 손아귀가 그의 목을 잡고 조이는 순간에, 그의 두 손이 사도진악의 손목을 움켜잡고 조였다.

치익—!

섬뜩한 소음이 울렸다.

부금도의 손이, 정확히는 손가락이 사도진악의 손목을 파고들며 매캐한 연기가 일어나고 있었다.

"어째 만났을 때부터 구린 냄새가 난다 했더니만, 세상의 눈을 피해서 독공(毒功)을 익히고 있었군그래."

사도진악은 자신의 손목이 타들어 가는 것을 보면서도 부금도의 목을 놓기는커녕 오히려 한층 더 용을 쓰며 투덜거렸다.

섬뜩한 소음이 그 뒤를 따랐다.

으득—!

결국 버티지 못한 부금도의 목뼈가 으스러지는 소리였다.

부금도의 머리가 두 눈을 부릅뜬 상태로 정상이라면 도저히 그럴 수 없는 방향으로 꺾어지고, 사도진악의 손목을 움켜잡고 있던 두 손이 지면을 향해서 길게 늘어졌다.

작금의 강호 무림에서 사대흑도의 하나인 흑선궁의 주인이
자, 비록 천하 십대 고수에 속한 사마의 아래라고는 하지만,
실질적인 무력은 거의 비등할 것이라고 알려진 오왕의 한 사
람, 사왕 부금도의 죽음이었다.

사도진악은 축 늘어진 부금도의 주검을 재빨리 내팽개치며
자신의 손목을 살펴보았다.

매캐한 냄새를 풍기며 검게 타들어 간 그의 손목은 어느새
허연 뼈까지 드러내고 있었다.

일그러진 눈가로 상태를 확인한 사도진악은 '쳇' 하고 혀를
차고는 이내 자신의 허리에서 칼을 뽑아 가차 없이 내리쳤다.

서걱—!

팔뚝에서부터 잘려져 나간 그의 손이 바닥으로 떨어졌다.

사도진악이 바닥에 떨어져서 바르르 떨고 있는 자신의 손을
발로 밟아서 지그시 누르며 피가 터진 팔뚝의 혈도를 막아서 지
혈했다.

그리고 아무렇지도 않다는 듯 천연덕스럽게 웃는 낮으로 악
초군과 적미사왕 이하 장내의 모두를 둘러보며 핏물이 뭉친 팔
뚝의 단면과 다른 한 손을 포개서 공수했다.

"사왕 부금도는 사마와 비교되는 오왕의 선두로, 천하 십대
고수의 자리에 가장 근접했다고 자타가 공인하는 고수지요. 그
런데 보았다시피 내가 그를 제거했으니, 이제 내가 그보다 윗
길에 있음을 증명한 셈이고, 이는 또한 본인의 실력을 확인하

고픈 여러분들의 기대도 충족시켰다고 생각하오."

사도진악은 피가 흐르는 공수를 유지한 채 새삼 장내의 모두를 향해 보다 더 깊숙이 고개를 숙이고 하얗게 웃으며 정중한 듯 단호한 어조로 말을 덧붙였다.

"더불어 중원의 협조자는 이 사람 혼자로 충분하다는 간절한 욕심이기도 하니, 앞으로 잘 부탁드리겠소!"

짝짝짝—!

워낙 졸지에 벌어진 파격적인 일이라 오늘의 자리를 마련한 악초군마저도 잔뜩 경직되어 있는 마당에, 천사교주가 가장 먼저 박수를 치고 나섰다.

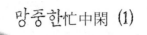

망중한忙中閑 (1)

"……그러니까, 결론적으로 말해서 이번 사태의 주범은 천사교이거나 그 천사교를 지원하는 배후의 짓이다, 이거죠?"

설무백이 모든 설명을 미처 다 끝내기도 전이었다.

남궁유아가 가만히 탁자를 두드리고 나서며 설무백의 주장을 간단명료하게 요약해서 되물었다.

설무백은 이미 거친 사내처럼 투박하고 성마른 남궁유아의 성정을 익히 잘 알고 있었기에 그냥 순순히 인정했다.

"그렇소."

남궁유아가 사뭇 냉담한 눈초리로 설무백을 바라보며 물었다.

"그럼 하나만 묻지. 당신은 어떻게 그걸 알지? 대체 천사교의 배후가 바로 마교라는 것을 당신이 어떻게 알고 이렇게 확신하는 거냐고?"

아무리 봐도 전혀 호의적이지 않은 감정으로 따지는 것처럼 들리는 질문이었다.

설무백은 왜 그런지 모르게 삐딱한 태도로 나오는 남궁유아의 반응이 이상했으나, 그리 깊게 생각하지 않았다.

그 자신도 야밤에 갑자기 찾아온 누군가에게 같은 말을 들었다면 똑같은 반응을 보였을 수도 있었다.

다만 이유 여하를 막론하고 그가 약하게 나갈 구석은 조금도 없었다.

"내가 궁금한 것은 이거요. 내가 왜 그것까지 당신에게 알려 줘야 하는 거요? 정말 당신은 그걸 몰랐소?"

남궁유아가 한 방 맞은 것 같은 표정으로 설무백을 바라보았다. 마치 사내가 예상치 못한 대응에 '어쭈, 이것 봐라?' 하는 표정으로 보였다.

부르지도 않았는데 찾아온 그녀의 남동생, 창궁검 남궁유진이 마치 그런 그녀의 반응에 호응하듯 흉흉하게 변한 눈빛으로 설무백을 노려보았다.

남궁유아가 슬쩍 그런 남궁유진의 옆구리를 쿡 찌르며 피식 웃는 낯으로 말했다.

"납득할 만한 대답을 해 준다면 오늘 이후부터는 당신이 무슨 말을 해도 전적으로 신임하도록 하지요."

천위천위
주인

설무백은 심드렁하게 물었다.

"납득할 만한 대답을 해 주지 않으면?"

남궁유아가 어깨를 으쓱하며 대답했다.

"그야 당연히 오늘 자리는 없던 것으로 되는 거죠."

설무백은 실소했다.

"도움을 주려고 온 내가 왜 이런 푸대접을 받아야 하는지 모르겠군."

그는 자리를 털고 일어나며 옆에 앉은 부약운의 어깨를 두드렸다.

"아무래도 내가 생각을 잘못한 모양이오. 갑시다. 오늘의 자리는 없던 것으로 하는 게 좋겠소."

부약운이 자리에서 일어나는데, 남궁유아가 따라 일어나며 싸늘하게 웃는 낯으로 말했다.

"너무 쉽게 생각하시네? 설마 말로만 없던 것으로 하면 정말 이 자리가 없던 것으로 된다고 생각해요?"

설무백은 미간을 좁히며 남궁유아를 바라보았다.

"왜? 살인멸구(殺人滅口)라도 하시게?"

남궁유아가 웃는 낯으로 그의 시선을 마주한 채 어깨를 으쓱했다.

"못할 것도 없죠."

설무백은 재미있다는 듯 쿡쿡 웃었다.

"오랜만에 받아 보는 위협이라 신선하긴 한데, 그럴 능력은 있고서 하는 말인가?"

남궁유아가 자신만만하게 대답했다.

"오해하시네? 나 그렇게 오만한 여자 아니에요. 오히려 제법 주제 파악 잘하는 여자지. 여차하면 우리만으로 힘들 수도 있다고 생각해서 한 이백 명 정도 대기시켜 놓았는데, 그 정도면 충분하지 않을까요?"

설무백은 웃었다.

"그럼 뭘 망설여? 어서 부르지 않고?"

남궁유아의 안색이 변했다.

잠시 뜸을 들인 그의 눈빛이 빠르게 차가워졌다.

무언가 크게 마음을 써서 결단을 내린 기색이었다.

설무백은 대번에 그걸 감지하며 말했다.

"그러지 말지? 감당할 수 없을 텐데?"

남궁유아가 순간적으로 검자루를 잡아가던 손을 그대로 멈추었다.

순간적으로 뿜어진 설무백의 압력에 그녀가 눌린 것이다.

그러나 그녀의 반응과 거의 동시에 검자루를 잡아가던 또 한 사람, 남궁유진은 그대로 멈추지 못하고 검을 뽑았다.

그게 그가 남궁유아보다 못한 경지의 검법을 익혀서인지 아니면 그냥 그녀와 달리 감정을 조율하지 못한 것인지는 모르겠으나, 그의 검법은 검극이 뽑혀지는 순간부터 초식이 시작되는 일종의 발검술이었다.

쇄액-!

매서운 칼바람 아래 눈부신 검광이 일어났다.

그의 별호가 왜 창궁검인지 보여 주는 것처럼 사선으로 뻗어지는 검광이 흡사 하늘을 가르는 한줄기 유성처럼 혹은 갑자기 떠오른 무지개처럼 보였다.

그러나 남궁유진의 입장에서는 매우 아쉽게도 오늘의 유성은 길을 잃었고, 무지개는 빛이 바랬다.

중도에 끊어졌기 때문이다.

"헉!"

남궁유진은 절로 헛바람을 삼켰다.

자신의 발검이 중도에 막혔고, 그것이 어느 사이엔가 면전으로 다가선 설무백의 손에 의한 것이라는 걸 보았던 것이다.

놀랍다 못해 황당하게도 설무백이 맨손으로 그의 검극을 잡고 있었다.

바위가 아니라 강철도 베어 버리는 그의 창궁검의 일초식이 고작 뼈와 살로 이루어진 사람의 손에 잡혀 버린 것이다.

"익!"

아연실색한 남궁유진은 발작적으로 검을 당기며 물러났다.

당황했다면 당황했고, 겁을 먹었다면 겁을 먹어서 자신도 모르게 취한 행동이었다.

하지만 그는 물러날 수 없었다. 물러나지지가 않았다.

설무백의 맨손에 잡힌 검극이 뽑히지 않아서였다.

"이익!"

검자루를 잡은 채로 멈추었던 남궁유아가 그 순간에 발검했다. 동생, 남궁유진의 검극을 잡고 있는 설무백의 손목을 노리는 일검이었다.

누가 봐도 평소의 그녀답지 않은 행동이었다.

핏줄의 정이 그녀에게 무인의 수치마저 도외시하게 만들어 버린 것이다.

물론 설무백이 충분히 피할 수 있을 것이라고 생각하며 펼친 공격으로 보였다.

그저 설무백이 동생의 검극을 놓고 물러나게 하려는 생각인 것이다.

평소보다 배는 더 늦은 검격이 그것을 대변하고 있었다.

그러나 설무백은 물러나지 않았다.

남궁유진의 검극을 잡은 손에 오히려 힘을 주며 그대로 버티고 있었다.

"……!"

남궁유아가 뒤늦게 그걸 느끼며 눈을 크게 떴으나, 때는 이미 늦었다.

그녀는 순간적으로 검극의 방향을 틀었고, 그 바람에 그의 검극은 설무백의 손목이 아니라 팔뚝을 베었을 뿐이었다.

어떻게 보면 상황이 더욱 나빠진 셈이었다.

그런데!

깡-!

쇳소리가 났다.

남궁유아의 검은 설무백의 팔뚝을 베지 못하고 마치 강철기둥을 후려친 것처럼 쇳소리가 울린 것이다.

남궁유아는 경악과 불신에 찬 눈빛으로 자신의 검극과 여전히 아무렇지도 않게 남궁유진의 검신을 잡고 있는 설무백의 손을 번갈아 보았다.

설무백의 손은 팔뚝까지 거무튀튀한 철색(鐵色)을 띠고 있었기에 그녀는 그 변화를 보고 지금 벌어진 이 황당한 상황을 유추할 수 있었다.

설무백은 무언가 기공을 발휘해서 그녀의 검을 막았고, 그녀의 검은 보검이며, 설령 보검이 아니라 일개 나뭇가지라도 그녀의 손에 들리면 강철조차 두부처럼 베어 버릴 수 있기 때문에 설무백이 지금 발휘한 기공은 상상을 불허하는 희대의 기공이라는 사실을 말이다.

그때 남궁유아가, 그리고 남궁유진이 그처럼 어처구니없는 사태에 압도되어서 얼음처럼 굳어져 버린 그 순간에 내내 침묵한 채 말이 없던 남궁유화가 불쑥 말했다.

"좋아요. 당신의 말을 전적으로 믿고 수용해서 향후 흑도천상회와의 충돌은 최대한 피하고, 극비리에 별도의 감찰대를 편성해서 내부의 적을 색출하는 데 전력을 다하도록 하겠어요. 대신 조건이 있어요."

설무백은 남궁유화에게 시선을 주었다.

"조건?"

남궁유화가 말했다.

"우선 그거나 좀 놓죠?"

설무백은 뒤늦게 자신의 실태를 깨닫고는 무극신화수로 잡고 있던 남궁유진의 검신을 놓아주고, 팔뚝에 대진 남궁유아의 검극을 슬쩍 밀어냈다.

남궁유아와 남궁유진이 귀신을 보는 것처럼 그를 쳐다보았다.

설무백은 그들에게 애써 미소를 지어 보이고는 남궁유화에게 시선을 돌렸다.

남궁유화가 그제야 말했다.

"당신이 알고 있는 마교에 대한 정보를 전부 다 우리에게 넘겨요."

그녀의 시선이 부약운에게 돌려졌다.

"물론 흑도천상회가 가지고 있는 정보도 포함해서."

설무백은 가만히 고개를 끄덕였다.

이 정도는 그도 이미 예상하고 있는 바였다.

"그 말인 즉, 무림맹이 가진 정보도 우리와 공유하겠다는 뜻이겠지?"

남궁유화가 인정했다.

"그야 당연하죠."

설무백은 고개를 끄덕이며 부약운에게 시선을 주었다.

부약운이 그의 입이 열리기 전에 곤혹스러운 표정을 지으며 먼저 말했다.

"저도 좋아요. 하지만 저는 시간이 필요해요. 그간 주로 혼자 움직였기 때문에 비밀이든 아니든 무언가 조직을 만드는 게 그리 간단하지 않아요."

"한 달."

설무백은 잘라 말했다.

"그 정도 시간이면 되지? 감찰 활동을 해 왔으니, 믿을 만한 자들은 이미 잘 알고 있을 거잖아?"

부약운이 대답했다.

"그렇게 해 보죠."

"해 보는 것으로는 안 돼. 무조건 그렇게 해야지."

"알았어요. 그렇게 할게요."

설무백은 그제야 만족한 표정으로 남궁유화에게 시선을 돌렸다.

"한 달 괜찮죠?"

남궁유화가 실소하며 대답했다.

"무조건 그렇게 하라면서요?"

설무백은 만족한 표정으로 남궁유화 등과 부약운을 번갈아 보았다.

"조직의 이름은 굳이 어렵게 하지 말고 그냥 쉽게 그쪽이 백선(白船), 그쪽은 흑선(黑船)으로 합시다. 조직이 완성되는 시점에 내가 알고 있는 모든 정보를 양측 모두에게 넘기도록 하겠소."

남궁유화가 말했다.

"기대하죠."

부약운이 말을 받았다.

"저도요."

설무백은 새삼스럽게 그녀들을 번갈아 보며 의미심장한 미소를 지어 보였다.

"다 좋은데, 두 사람 다 내 말을 전적으로 믿겠다는 약속만 절대 잊지 마시오."

남궁유화와 부약운이 누가 먼저랄 것도 없이 동시에 어째 무언가 찜찜하다는 듯 미간을 찌푸렸다.

설무백은 그에 아랑곳하지 않고 공수하며 돌아섰다.

"그럼 오늘은 이만……!"

부약운이 허겁지겁 설무백의 뒤를 따라나섰다.

설무백은 문을 열고 나서다가 문득 멈춰 서서 부약운을 먼저 밖으로 내보내내고는 남궁유화를 향해 느닷없이, 그야말로 밑도 끝도 없이 불쑥 물었다.

"혹시 내게 따로 할 말 없소?"

남궁유화가 눈살을 찌푸리며 반문했다.

"뭐죠? 혹시 무슨 다른 대가라도 바라는 건가요?"

설무백은 잠시 남궁유화의 시선을 마주한 채로 뜸을 들이다가 이내 입가에 특유의 메마른 미소를 드리우며 돌아섰다.

"아니오. 아니면 됐소."

※

"노파심일 수도 있지만……."

무림맹의 영내를 벗어나고 사람들의 이목이 닿기 어려운 길로 들어서기 무섭게 부약운이 발길을 멈추며 물었다.

"솔직히 말해 봐요. 이번 일에 왜 나를 선택한 거죠? 당신이라면 나보다 더 흑도천상회의 중추에 다가서 있는 인물도 얼마든지 끌어들일 수 있었을 텐데 말이에요."

설무백은 별반 깊게 생각하지 않는 태도로 즉시 대답했다.

"만만해서."

"예?"

"당신보다 더 흑도천상회의 중추에 다가선 사람이라면 당연히 당신보다 더 호락호락하지 않고 깐깐할 거잖아. 아무리 필요한 사람이라도 애써 감당해야 하는 건 나는 싫어. 피곤한 건 딱 질색이거든."

부약운이 어처구니가 없어서 말문이 막힌 표정으로 멍하니 설무백을 바라보았다.

뭐 이런 사람이 다 있나 하는 표정이었다.

만만해서라니 참으로 뻔뻔스러운 이유가 아닌가 말이다.

설무백은 도리어 그녀의 반응을 보며 미간을 찌푸렸다.

"솔직하게 말해 달라며?"

부약운이 정말 어쩔 수 없다는 듯 픽 웃어 버렸다.

"당신이 그렇게 말하니까 이상하게 그렇게 말하는 게 맞는 것 같네요. 하긴, 상대를 배려한답시고 귀 간지러운 말로 부추기며 기만하는 것보다는 솔직한 게 낫긴 하죠. 조금 분하긴 하지만. 알았어요. 그렇게 알고 당신이 귀찮지 않게 최선을 다해 보도록 하지요."

설무백은 따라 웃으며 말했다.

"최선을 다하는 것은 좋은데, 그렇다고 너무 과욕은 부리지 마. 무림맹도 그렇고, 흑도천상회도 그렇고, 내가 당신들 앞에서 얘기해 준 것보다 더 심하게 썩었으면 썩었지, 결코 덜하지 않거든."

"그 정도인가요?"

"그 정도야. 진심으로 충고하는데, 매사에 신중하고 조심해. 안 그러면 실로 최악의 순간을 맞이할 수도 있어."

부약운이 잠시 굳어진 안색으로 고개를 끄덕이며 뜸을 들이다가 이내 작심한 듯 말문을 열었다.

"실로 그렇다고 생각한다면 내게 선을 정해 줘요. 어디서부터 어디까지는 괜찮고, 어디서부터 어디까지는 괜찮지 않은지. 솔직히 말해서 지금의 나로서는 전혀 감을 잡을 수가 없어서 하는 말이에요."

설무백은 잠시 생각하고 나서 말해 주었다.

"두 가지만 조심하면 돼. 하나는 당신과 가까운 사람들, 다른 하나는 쾌활림."

부약운이 영리한 여자답게 제대로 알아들은 듯 예리한 눈빛을 드러내며 말을 받았다.

"나와 가까운 사람은 가족밖에 없으니, 이번 일은 가족에게도 비밀로 하라는 소리겠죠. 잘 알겠어요. 그리고 쾌활림은 조금 의외이긴 하지만, 사실 당신의 당부가 아니어도 가까이 하지 않을 거예요. 흑도천상회를 조직할 때부터 지금까지 사사건건 우리 흑선궁과 대립하는 사이라 매사에 조심하지 않을 수 없거든요."

설무백은 그 정도면 됐다는 표정을 지으면서도 굳이 한마디 더 당부했다.

"특히 쾌활림주와 그의 수족으로 알려진 측근들은 절대적으로 가까이하지 마."

"묘하네요? 매사에 제천대성(齊天大聖 : 손오공) 같은 당신의 입에서 그 정도로 경계하는 말이 나오다니? 왜죠?"

"내 영혼까지 파헤치고 싶어?"

"대답하기 싫다는 걸 참 엄청나게도 말하네요. 알았어요. 여기까지 하죠."

부약운이 손을 내저으며 물러나고는 이내 어깨를 으쓱였다.

"어쨌거나, 나를 걱정해 주는 것 같아서 나쁘지 않은 기분인

걸요?"

설무백은 사뭇 냉정하게 변한 눈초리로 묵묵히 그녀를 바라보았다.

"알았다니까요, 글쎄."

부약운이 웃는 낯으로 손사래를 치고는 이내 공수하며 작별을 고했다.

"그럼 저는 여기서 이만……! 조직이 구성되고 제대로 돌아가는 것 같다 싶으면 알려 준 그곳으로 기별을 넣도록 하죠!"

설무백은 작별을 고한 부약운의 기척이 사라질 때까지 그냥 그 자리에 서 있었다. 그리고 부약운의 기척이 완전히 사라지고 나서야 신형을 돌렸다.

느긋하게 돌아선 그의 발걸음은 흑점의 본부로 향하는 것이 아니었다.

조금 전에 그가 지나쳤던 길, 바로 무림맹을 향하고 있었다.

이윽고, 저 멀리 무림맹의 전각군이 시야에 들어오자, 그의 신형이 순간적으로 흐릿하게 변했다.

은신술이 내포된 고도의 경공이었다.

설무백은 눈에 보이지 않는 바람으로 변해서 순식간에 무림맹의 담장을 넘어갔고, 이내 무림맹의 너울진 전각군이 그의 발아래를 스쳐 지나서 뒤로 달려가고 있었다.

지금 그의 모습을 부약운이 보았다면 실로 자신의 눈을 의심했을 터였다.

그는 그녀와 함께 행동할 때 적당히 수위를 조절했던 것인데, 굳이 설명하자면 그는 절반의 경공으로도 그녀의 전력을 끌어내며 진땀을 흘리게 만들어 버렸다.

그러나 더욱 놀라운 것은 눈에 보이지 않는 빛살처럼 빠르게 날아가는 지금의 설무백도 기실 전력을 다하고 있지 않다는 사실이다.

암중에서 따르는 혈영을 위한 배려였다.

그가 전력을 다한 경공을 펼치면 풍잔에서 손가락 꼽히는 고수인 혈영조차 제대로 따라올 수가 없는 것이다.

설무백이 그렇게 도착한 곳은 바로 조금 전의 그 장소, 남궁유화의 거처인 별채가 자리한 후원이었다.

깃털처럼 소리 없이 후원의 정원석 하나의 그늘로 스며든 설무백은 은밀하게 고개를 내밀어서 줄지어 늘어선 별채들 중에서 따로 떨어진 독채인 남궁유화의 거처를 주시했다.

남궁유아와 남궁유화가 독채의 문을 열어 놓은 채 마루에 나와 앉아 있었다.

무언가 진지한 담소를 나누는 모습이었다.

그러나 설무백의 시선은 그녀들이 아니라 그녀들의 뒤쪽에 고정되었다.

그녀들의 뒤쪽, 열어 놓은 독채의 내실, 문가에는 갓 젖먹이를 지난 듯, 지나지 않은 듯 보이는 어린아이가 앙증맞은 모습으로 제법 빠르게 이리저리 오가며 노닐고 있었기 때문이다.

바로 소문의 아이, 아비가 누군지 모른다는 남궁유화의 아이였다.

설무백은 그녀들의 대화를 들어 보기 위해 더 접근하려고 엉덩이를 들썩이다가 이내 그만두며 뇌까렸다.

"아니겠지?"

약간의 시간이 지난 뒤 혈영이 반문했다.

"아니기를 바라십니까?"

"아닌 게 아니라는 거야?"

"그야 제가 알 도리가 없죠."

"나는 뭐 알 도리가 있고?"

"아무래도 당사자시니까……."

"당사자도 몰라 그런 건."

설무백은 전에 없이 신경질적으로 답변을 회피하고는 이내 다른 걸 물었다.

"남궁유화의 평소 생활은 어때?"

"소문요?"

"소문이든 뭐든 다."

"……지금 그녀가 풍기(風紀)가 문란한 여자냐 아니냐를 묻는 거죠?"

"뭐, 대충 그래."

혈영이 다시금 잠시 뜸을 들이다가 물었다.

"그녀가 풍기 문란한 여자면 속이 편하겠습니까?"

"자꾸 신소리 할래?"

"그걸 바라셨다면 아쉽게 되셨습니다. 참으로 더 없이 지고 지순한 성정을 가진 규방규수(閨房閨秀)로 소문이 자자합니다."

"지고지순한 성정의 규방규수가 사내가 누군지도 모르는 애를 낳았다는 게 말이 된다고 생각해?"

"그야 저도 잘 모르죠."

"하물며 무림세가의 여자야. 하루가 멀게 사내들과 사내처럼 드잡이를 하는 강호 무림의 여고수를 보고 무슨 지고지순한 성정의 규방규수라는 거야?"

혈영이 이번에도 잠시 여유를 두었다가 대답했다.

"그럼 그냥 그렇게 문란한 강호의 여자로 하지요? 아무래도 그렇게 생각하고 싶으신 것 같은데?"

"내가 언제?"

"지금요."

"……."

설무백은 잠시 침묵하다가 불쑥 물었다.

"몇 살로 보여?"

혈영이 대답했다.

"한 살은 넘었고, 두 살은 안 되어 보이네요. 근데, 묘하군요. 두 살이라도 저렇게 가뿐히 뛰어다니기가 쉽지 않은데 말이죠. 대체 누굴 닮아서 발육 상태가 저리 좋은 거지……?"

설무백은 역시나 한동안 말을 하지 못하다가 심각하게, 그야

말로 어렵사리 말문을 열었다.

"부탁 하나만 하자."

혈영이 대답했다.

"명령이 아니라 부탁이라니까 무섭습니다만, 역시나 제게 거부권은 없겠죠?"

"응."

"……말씀해 보세요."

설무백은 기다렸다는 듯 말했다.

"당분간 저 여자 좀 감시해 봐."

"보호가 아니라요?"

"쓰……!"

"알겠습니다. 감시. 근데, 당분간이라면 언제까지를 말씀하시는 건지……?"

"내가 이렇다 할 확증을 가질 때까지."

"그런 거라면 그녀에게 직접 물어보는 것이……?"

"그녀가 솔직히 말해 줄 것 같아?"

"……"

말문이 막힌 기색을 풍기던 혈영이 무언가 심사숙고하는 듯 한동안 시간을 보내내고 나서 말했다.

"잠시라면 모를까 긴 시간이라면 싫습니다. 저는 주군의 곁을 지켜야 하니까요. 죄송하지만, 다른 아이로 바꾸어 주십시오. 아, 요미가 좋겠네요. 같은 여자고, 모든 면에서 저보다 낫습니다."

"대신에 믿을 수가 없지. 그 종잡을 수 없이 지랄 같은 성질 때문에 말이야. 그 아이가 내 곁에서 떨어지면 어떤 모습일지 상상이 안 가나?"

"……."

"명령이 아니라 부탁이라고 했지."

혈영이 어쩔 수 없다는 듯 긴 한숨을 내쉬었다.

"휴, 알겠습니다."

설무백은 그제야 마음이 놓인 것처럼 기꺼운 표정이 되어서 돌아섰다.

그리고 바람으로 변해서 자리를 떠나며 한마디 남겼다.

"급한 일이 있으면 하오문의 연락망을 이용하도록!"

망중한忙中閑 (2)

설무백이 돌아갔을 때, 흑점의 본부는 여전히 어수선한 분위기였다. 그리고 그건 춘래객잔의 주변을 포함한 정주부의 시내가 어수선해진 것과 맞물려 있었다.

아직도 무림맹의 무사들이 철수하지 않고 정주부의 시내를 돌며 여전히 검문검색에 열을 올리고 있는 것이다.

흑혈이 흑점의 비밀 입구인 과시서방에서 기다리고 설무백을 맞이하며 그것부터 따지고 들었다.

"뭡니까, 대체? 잠잠해지기는커녕 분위기가 더욱 흉흉해졌습니다."

"애들이 늦네?"

"예?"

"조금만 더 기다려 봐. 이제 금방 사라질 거야."

"아니, 그게 무슨……?"

설무백의 태도에 흑혈이 더욱 안달이 나서 나서는 참인데, 사내 하나가 후다닥 과시서방으로 뛰어 들어오며 말했다.

"도, 돌아갑니다! 지금 무림맹의 무사들이 서둘러 철수하고 있습니다!"

흑혈이 어리둥절해했다.

"갑자기 왜?"

사내가 대답했다.

"동문 성곽 부근의 수림 지역에서 전대의 거마인 북망요수 염자양의 시체가 발견되었다고 합니다. 때문에 무림맹에 침입 했던 자들이 이미 정주부를 벗어난 것으로 보는 것 같습니다."

흑혈이 슬며시 고개를 돌려서 설무백을 바라보았다.

설무백은 흑혈의 입에서 다른 말이 나오기 전에 먼저 과시서 방의 후문을 향해서, 바로 흑점의 본부를 향해서 발길을 옮기 며 대수롭지 않게 인정했다.

"응, 내가 한 거야."

흑혈이 쪼르르 뒤를 따라붙으며 의혹을 드러냈다.

"대체 어떻게 알고 그를……?"

설무백은 인상을 썼다.

"내가 그것까지 보고해야 해?"

흑혈이 대번에 조개처럼 입을 닫았다가 이내 눈치를 보며 슬며시 다시 말했다.

"얼마 전부터 흑도천상회가 전대의 거마들을 다수 포섭했다는 소문이 돌았습니다. 거기에 과거 요수당의 수적으로 놀던 북망요수 염자양도 포함되어 있지요. 그럼 이번 사태가 흑도천상회의 짓이 확실한 것 같네요. 그렇죠?"

설무백은 슬쩍 흑혈을 쳐다보며 눈살을 찌푸렸다.

"대체 결론을 다 내려놓고, 왜 내게 검사를 받으려는 거야?"

흑혈이 음충맞게 웃었다.

"그야 당연히 제가 보기엔 사숙께서 세상 정보는 다 가지고 계시는 것 같아서죠. 흐흐흐……!"

설무백은 천연덕스러운 흑혈의 넉살에 어쩔 수 없이 그냥 외면하고 발길을 재촉하며 말해 주었다.

"흑도천상회는 아니라 천사교야."

흑혈이 그럴 줄 알았다는 듯 냉소를 날렸다.

"역시 그랬군요. 천사교 놈들의 뻔한 수작이었어요. 무림맹과 흑도천상회의 반목을 꾀해서 어부지리를 노리자는 거죠."

설무백은 절로 한숨을 내쉬고는 흑혈에게 눈총을 주었다.

"바보가 아니라면 누구나 다 예측할 수 있는 것을 가지고, 대체 왜 그리 대단한 것을 발견한 것처럼 말하는 거야?"

흑혈이 새삼 예의 음충맞은 웃음을 흘리며 대답했다.

"무슨 대단한 것을 발견한 것처럼 말하는 것이 아니라 그냥 알고 있었다는 것을 밝히는 겁니다. 이렇게라도 안 하면 정말 모르고 있는 줄 알고 욕을 바가지로 먹는 경우가 생기거든요."

"누구에게?"

"누구겠습니까. 저분들이죠."

흑혈이 은근슬쩍 눈짓과 턱짓을 하고 있었다.

설무백은 흑혈이 주는 눈치코치에 따라 시선을 바로 했다.

대화를 나누는 동안 그들은 과시서방의 후원을 넘어서 새로운 정원으로 들어서 있었다.

바로 흑점의 본청 앞에 자리한 작은 정원이었는데, 거기 중앙에 돌로 만들어진 탁자의 의자에 세 사람, 야제 천공수와 흑천신, 그리고 유령노조가 나란히 앉아 있었다.

다들 하나같이 무언가 정신을 집중하는 사람이 다 그렇듯 심각하게 인상을 찌푸린 채로였다.

"뭐 하세요?"

"쉿!"

천공수가 심각한 표정으로 손가락을 입술에 대고 설무백에게 조용히 하라는 시늉을 했다. 그리고 보니 심각한 표정인 것은 그만이 아니라 흑천신과 유령노조도 같았는데, 일순 그때 유령노조가 투덜거리며 늘어진 자세를 취했다.

"쉿은 무슨 쉿! 아무리 봐도 또 글렀구먼! 난 포기다!"

흑천신이 유령노조를 따라서 꼿꼿하던 몸을 늘어트려서 편하게 의자의 등받이에 기대며 말했다.

"나도."

"젠장!"

천공수가 어쩔 수 없다는 듯 툴툴거리며 벌떡 자리에서 일어나더니 주변을 둘러보며 소리쳤다.

"그래, 졌다! 졌어! 대체 이번에는 어디에 있는 거냐?"

천공수가 외친 고함의 여운이 사라지기도 전에 그들, 세 사람과 그리 멀지 떨어지지 않은 측면의 정원수 둥치에서 검은 물체가 불쑥 솟아나서 사람의 형상으로 변하며 좋아라 했다.

"우헤헤, 여기지롱!"

요미였다.

희희낙락하며 천공수 등에게 다가간 그녀가 손바닥을 내밀며 재촉했다.

"줘요, 빨리."

천공수가 그야말로 벌레를 씹은 표정으로 요미와 요미가 빠져나온 정원수의 둥치를 번갈아 보며 품에서 꺼낸 구슬 하나를 그녀에게 건넸다.

흑천신과 유령노조도 역시나 천공수와 같은 표정이면서도 뒤를 따라서 저마다 구슬 하나씩을 꺼내서 요미의 손바닥에 올려놓았다.

세 개의 구슬 다 고양이 눈처럼 생긴 보석인 묘안석이었다.

설무백이 이게 뭐지 하는 표정을 그들을 바라보는 그때 안채에서 밖으로 나온 검후와 공야무륵 등이 다가왔다.

공야무륵 등이 그에게 고개 숙여 인사하는 사이, 눈인사를 끝낸 검후가 말했다.

"술래잡기를 하는 거예요. 노인네들이 심심풀이라면서 제안한 건데, 일각(一刻 : 15분)이라는 시간을 정해 놓고 찾아내느냐 찾아내지 못하느냐 하는 내기요. 근데, 보다시피 결과는 저래요. 벌써 각기 두 개의 금강석(金剛石)과 다섯 개의 아니, 이번까지 여섯 개의 묘안석을 빼앗기고 있네요."

설무백은 슬쩍 물었다.

"그래서 당신의 전적은?"

검후가 쓰게 입맛을 다시며 대답했다.

"분하지만 같아요."

그리고 미간을 찌푸리며 물었다.

"대체 쟤 뭐예요?"

설무백은 대답 대신 그저 웃었다. 대답할 틈이 없었다.

요미가 쪼르르 그에게 달려왔기 때문이다.

"봤죠? 이게 대체 벌써 몇 개째인지 아세요?"

"두 개씩의 금강석과 네 개 씩의 묘안석이라고 했으니, 여섯 개의 금강석에 더해서 열두 개째의 묘안석이겠네."

신나서 자랑하던 요미가 안색이 맥 빠진 표정으로 변해서 검후를 노려보며 쏘아붙였다.

"입 싼 여자!"

검후의 안색이 대번에 싸늘해졌다.

설무백은 재빨리 그들 사이로 끼어들었다.

"가자, 일 다 끝났으니까."

요미와 검후가 동시에 코웃음을 치며 서로를 외면하는 참인데, 야제 천공수가 발작적으로 소리쳤다.

"안 돼! 이대로 그냥은 못 가! 한 번 더 해!"

한 번 더는 다시 한 번 더가 되었고, 그 다시 한 번 더는 또다시 한 번 더로 이어져서 결국 날이 샜다.

그러나 결과는 달라지지 않았다. 천공수 등은 요미와의 술래잡기에서 단 한 차례도 이기지 못했다.

전신사가의 절대사공인 사천미령제신술의 신기를 십분 발휘해서 한순간에 사물과 하나가 되는 경지로 접어든 요미의 은신술은 마치 절정의 귀식대법을 펼친 것과도 같아서 천하의 그들로서도 사전에 정해진 일각이라는 시간 내에서는 도무지 찾아낼 방도가 없었던 것이다.

물론 그럼에도 불구하고 그들은 포기하려 들지 않았으나, 결국 포기할 수밖에 없었다.

가지고 있던 보석이 다 떨어졌기 때문이다.

"창고에서 보석 좀 내와라."

"안 됩니다."

"뭐야?"

"사부님들의 창고가 아니라 흑점의 창고입니다."

"이놈이? 너 단매에 죽고 싶냐?"

"예, 흑점의 파산을 막을 방법이 그것밖에 없으면 그래야지요. 죽이세요. 그래서 술래잡기할 자금을 강탈하려고 제자를 죽인 사부로 길이길이 역사에 남으세요."

"……."

흑점의 야제 천공수 등과 요미의 술래잡기 내기는 그처럼 흑혈의 결사적인 반대로 막을 내렸다.

그래서였다.

설무백은 두 다리를 길게 뻗고 앉아서 공깃돌처럼 바닥에 펼쳐 놓은 보석들을 하나하나 감상하며 희희낙락거리는 요미를 등진 대청에서 천고수 등과 마주한 자리를 가지게 되었다.

"무슨 할 얘기가 남았나?"

"언제 우리가 얘기라고 할 만 것을 한 적이 있나요?"

"별로 듣고 싶은 얘기는 없는데……?"

"듣고 싶지 않아도 들으셔야 할 얘기입니다."

"우리가 왜 그래야 하지?"

"잊으셨어요? 생사관의 내기에서 제게 지셨잖아요."

"……."

천공수 등 세 사람의 입이 깜빡 잊고 있다가 이제야 기억난 듯 조개처럼 다물었다.

흑혈이 그 모습을 보며 보란 듯이 길게 한숨을 내쉬었다.

"아마 우리 흑점이 망하면 그건 틀림없이 사부님들의 도박 중독 때문일 겁니다."

천공수 등 세 사람이 애써 딴청을 부렸다.

설무백은 그런 그들을 향해 말했다.

"다들 이미 알고 계실 테지만, 제가 바라는 건 딱 한 가지, 흑점의 야시를 무기한 폐업하는 거였습니다. 그런데 생각이 바뀌었습니다. 어제오늘 돌아가는 상황을 보니 아무래도 그런 조치만으로는 부족할 것 같습니다."

흑혈이 예상하지 못한 그의 발언에 놀란 표정으로 눈을 크게 뜨며 물었다.

"야시의 무기한 폐업보다 더 심한 일이라는 건가요?"

설무백은 고개를 끄덕이며 단호하게 말했다.

"흑점의 무기한 폐업."

"……!"

장내의 분위기가 싸하게 변했다.

놀람과 당황으로 인한 무거운 침묵이 장내를 짓눌렀다.

이윽고, 흑혈이 애써 평정을 유지한 모습으로 질문했다.

"언제까지 그래야 하는 건데요?"

설무백은 힘주어 대답했다.

"물론 내가 괜찮다고 할 때까지지."

질문을 건넨 흑혈은 말할 것도 없고, 천공수와 흑천신, 유령노조의 얼굴도 완전히 벌레를 씹은 것처럼 변했다.

설무백은 냉정하게 그들을 보며 말했다.

"암상인들이 따로 보통의 매장을 운영하고 있다는 거 압니다. 여기 춘래객잔이나 고서점인 과시서장처럼 말입니다. 그건 괜찮으니 허용합니다. 그것만으로도 당분간 먹고살 걱정을 할 정도는 아닐 겁니다."

천공수 등이 선뜻 뭐라고 할 말이 떠오르지 않는다는 표정을 짓는 가운데, 흑혈이 걱정스럽게 말했다.

"사숙의 말씀처럼 기본에 드러난 매장만 가지고도 당분간은 먹고살 걱정은 하지 않을 테지만, 그것으로 만족할 암상인들은 한 명도 없을 겁니다. 암상인들 대부분은 위험한 장사가 많이 남기에 흑점의 일원이 된 자들이니까요."

"흑점의 본부에서 지시를 내려도 문제가 생길 거라는 건가?"

"기간이 문제겠지요. 기간이 길어지면 흑점의 본부가 아니라 본부 할아비가 지시를 내려도 문제가 생길 겁니다. 백문불여일견(百聞不如一見)이라고 나중에 사숙께서 직접 그들을 만나 보시면 자연히 아시게……!"

"그들을 만나지 않으려고 지금 얘기하는 거야."

"예?"

흑혈이 한 방 맞은 것 같은 표정을 지었다.

마찬가지로 적잖게 놀라고 당황한 기색인 천공수가 물었다.

"흑장로들과의 회의에 참석하지 않겠다고?"

설무백은 담담하게 말했다.

"그게 좋을 것 같습니다. 아무리 생각해도 제가 그 자리에 나서는 것이 사형이나 노 선배님들, 그리고 사질의 운신에 방해가 되면 되었지, 결코 도움이 될 것 같지 않아서 말입니다."

"음."

천공수가 참으로 생각이 많아진 표정으로 침음을 흘렸다.

설무백은 그에 상관없이 흑혈을 향해 물었다.

"사질이 보기엔 어때? 내 말대로 하면 어느 정도의 시간이 한계인 것 같아?"

흑혈이 이러지도 저러지도 못하겠다는 듯 천공수 등의 눈치를 보다가 이내 만사 포기한 표정으로 대답했다.

"빠르면 반년, 늦어도 일 년 이내면 서로 간에 반목이 생길 겁니다. 그리고 그건 흑점의 존립에까지 영향을 미칠 수 있습니다. 흑상들이 서로 반목하기 시작하면 우리가 딱히 막을 도리가 없으니까요."

"어둠의 상인들을 대표할 뿐, 어둠의 상인들을 지배하지 않는다는 흑점의 전통 때문에?"

"말이 그렇지 어디 뜻이 그런가요. 얼마든지 지배할 수 있습니다. 경우에 따라서 얼마든지 제재를 가할 수 있으니, 그게 곧 지배가 아니고 뭐겠습니까."

"그런데?"

"명분이 있어야지요. 명분이 없으면 그저 막무가내로 실력행사를 하는 건데, 그것으로는 흑점을 유지할 수 없습니다. 상인들이 일단 한번 똥고집을 부리기 시작하면 정말 지독하거든요. 그렇다고 다 죽일 수도 없는 일이고 말입니다."

"결국 서로 반목하기 시작하면 이래저래 흑점의 존립에 문제가 생긴다는 건가?"

"이를 테면 그렇죠. 막아도 문제, 막지 않아도 문제라는 겁니다. 물론 사부님들과 제가 나서서 꾸역꾸역 막으면 얼추 서너달 정도의 시간은 더 벌 수 있을 테지만, 그래 봤자 결과는 달라지지 않을 겁니다."

"그렇다면 대략 일 년 전후라는 건데…… 음."

설무백은 말미에 침음을 흘리며 고개를 저었다.

"부족해. 부족한 시간이야."

흑혈이 난색을 표명했다.

"부족하다고 늘릴 수 있는 시간이 아닌걸요."

설무백은 잠시 심사숙고하고 나서 말했다.

"내가 늘려 보지."

흑혈이 어리둥절해했다.

"어떻게요?"

설무백은 의미심장한 미소를 흘리며 불쑥 손을 내밀었다.

"어떻게든 내가 처리할 테니까, 그 사람들, 흑점의 모든 결정을 함께한다는 흑장로 십 인의 명단이나 넘겨줘."

"예……?"

흑혈이 놀라서 두 눈을 크게 떴다.

천공수 등 세 사람도 매우 당황스러워하는 기색이었다.

설무백의 요구가 너무 지나치다는, 마치 선을 넘었다고 생각하는 듯한 반응이었다.

그때 밖에서 우당탕 다급한 인기척이 들려오더니, 이내 대청의 문이 거칠게 열리며 흑의 중년인 하나가 뛰어 들어왔다.

"총관! 아, 마침 삼태상께서도 여기 계셨군요! 저기 다름이 아니라……! 어라? 이자들은 누구죠?"

흑의 중년인이 뒤늦게 설무백 등을 인지하고는 적잖게 당황하며 흑혈 등의 눈치를 보고 있었다.

설무백은 이채로운 눈빛으로 흑의 중년인을 바라보았다.

행동은 조금 어리바리해도 상당한 지위를 가진 사람이 분명했다. 흑점은 부분적으로 점조직의 체계를 가지고 있어서 천공수 등 흑점의 삼태상을 첫눈에 알아볼 수 있는 사람은 매우 극소수에 불과하기 때문이다.

아니나 다를까, 설무백의 짐작대로 흑의 중년인은 흑점에서 상당히 높은 지위를 가지고 있었다.

흑혈이 나서서 그것을 알려 주었다.

"수관사(秀官事)인 방척(方倜)입니다. 저를 도와서 여기 본부의 대소사를 주관하고 있지요."

그리고 흑의 중년인 수관사 방척에게 설무백을 소개했다.

"어서 인사드리게. 천 태상님의 사제이자, 본인의 사숙이신 설 아무개시네."

설무백의 입장을 십분 고려해서 굳이 이름을 밝히지 않는 흑혈이었으나, 방척은 눈치가 없었다.

"아, 이분이 풍잔의 설무백이라는 그분이군요! 사신이라는 위명은 익히 듣고 있었습니다만, 이렇게 또 만나 뵙게 될 줄은 정말 몰랐네요! 반갑습니다! 저는 여기 흑점의 잡일을 보고 있는 방척입니다! 하하하……!"

설무백은 대번에 호들갑스러운 방척의 성정을 짐작하며 짧고 간단하게 답례했다.

"설무백이오."

방척이 무언가 할 말이 많은 표정으로 입을 열려는데, 흑혈이 재빨리 먼저 나서서 말을 끊었다.

"급해 보이던데, 대체 무슨 일이에요?"

"아차차!"

방척이 이마를 치며 서둘러 보고했다.

"다름이 아니라, 방금 사천의 지부에서 보내 온 전갈인데, 서장의 포달랍궁이 멸문지화를 당했답니다!"

"뭐, 뭐라고?"

흑혈은 말할 것도 없고, 천공수와 흑천신, 유령노자가 말 그대로 대경실색하며 자리를 막차고 일어났다.

"그게 무슨 말도 안 되는 소리야?"

"말이 되는지 안 되는지는 저도 모르겠지만……!"

방척이 타고난 성정을 드러내듯 잘라 말했다.

"아무튼, 서장에서 그런 일이 벌어졌답니다. 어제 벌어진 사건이라고 하는데, 소뢰음사의 주지인 삼안혈불(三眼血佛)이 이끄는 일천 혈승의 전격적인 기습으로 말미암아 금륜대법왕 이하

천외천의
주인

십이천승과 오백의 염화선승을 포함한 포달랍궁에 거하던 일천이백 선승들이 몰살을 당했답니다."

장내가 찬물을 끼얹은 것처럼 조용해졌다.

그럴 수밖에 없는 것이, 서장은 이미 오래전부터 일명 밀교(密敎)라 불리는 라마교(喇嘛敎)의 양대종파(兩大宗派) 중 하나인 황교(黃敎)가 지배하는 땅이었고, 포달랍궁은 바로 그 황교의 법왕이 거주하며 황교의 본산으로, 서장의 정치와 종교 권력의 중심이자, 서장 무예의 총본산이었다.

실례로 포달랍궁이 자리한 마포일산의 산정으로 오르는 신도들은 아직도 산자락에서부터 오체투지(五體投地)를 거듭하며 산을 오르고 있으니, 그에 대해선 두말할 나위도 없을 터였다.

그처럼 엄청난 권위와 권력, 무력까지 겸비한 포달랍궁이 어찌 하루아침에 몰락할 수 있을 것인가?

가당치 않았다.

절대 있을 수 없는 일이었다. 그러나 하필이면 상대가 쇠뢰음사라는 것이 너무나도 의미심장했다.

포달랍궁이 서장 밀교의 양대 종파 중 황교의 본산이라면 소뢰음사는 그 다른 하나의 종파로, 대원대몽골국(大元大蒙古國)이라 불리던 원(元) 제국 때에는 몽고족의 후원을 등에 업고 서장에서 라마교 그 자체라 해도 과언이 아닐 정도의 엄청난 세력을 떨치던 홍교(紅敎)의 잔당이 구축한 소굴이었기 때문이다.

"대뢰음사는? 그간 소뢰음사의 발호를 막고 있던 그들의 방진(防陣)은 어쩌고 소뢰음사가 포달랍궁을 공격할 있다는 거지?"

대뢰음사는 애초에 홍교의 잔당이 구축한 소뢰음사가 발호하지 못하도록 포달랍궁의 대법왕이 설치해 놓은 일종의 방어진이라는 것은 이제 모르는 사람이 거의 없는 얘기였다.

소뢰음사의 혈승들이 포달랍궁을 공격하려면 우선적으로 대뢰음사를 넘어서야 하는 것이다.

"그게, 그러니까……."

방척이 자기도 믿을 수 없다는 표정으로 연신 고개를 갸웃거리며 부연했다.

"서장 여기저기서 대뢰음사의 주지인 뇌정마불 아란타와 그를 보필하는 황교의 백팔호법승이 저마다 목에 쇠고랑으로 묶인 채 소뢰음사의 혈승들에게 개처럼 질질 끌려서 포달랍궁으로 갔다는 소문이 돌고 있답니다."

흑혈과 천공수 등은 정말이지 믿을 수 없다는 표정으로 시선을 교환했다. 특히 유령노조는 다른 누구보다도 더 경악과 불신에 찬 눈빛을 드러내다가 이내 맥이 풀린 사람처럼 스르르 주저앉고 말았다.

누가 봐도 모종의 내막이 있는 사람의 반응인 것인데, 그것을 대변하듯 그는 이내 자리를 박차고 일어났다.

"아무래도 직접 가서 내 눈으로 확인해 봐야겠다!"

영웅본색英雄本色 (1)

"직접 가시는 건 아니라고 봅니다."

유령노조가 직접 가서 확인해 보겠다며 자리를 박차고 일어난 이후였다.

밖으로 나서려는 그의 앞을 설무백이 막아서며 건넨 말이었다.

유령노조의 얼굴이 흉악하게 일그러졌다.

"네가 참견한 일이 아니다! 비켜라!"

설무백은 비키지 않았다.

"무슨 사연인지는 모르겠으나, 갈 때 가더라도 사태를 보다 더 명확하게 알고 나서 움직이는 것이 좋습니다."

유령노조의 눈빛이 새파랗게 변했다.

그는 이미 감정이 극도로 격앙된 나머지 설무백의 말이 전혀 귀에 들어오지 않는 것 같았다.

"네가 기어코 선을 넘는구나!"

설무백을 향해 살기가 뻗쳤다.

취리릿—!

싸늘한 일갈과 동시에 뻗어진 유령노조의 손에서 섬광처럼 뻗어 나오는 검은 줄기, 흑선(黑線)이었다.

"나서지 마!"

설무백은 반사적으로 움직이는 공야무륵 등의 행동을 제지하고 나서 반응했다. 피하거나 막는 대신 그저 단순하게 손을 내밀어서 자신을 향해 뻗어진 흑선을 잡아갔다.

유령노조의 손에서, 정확히는 소매 속에서 뻗어진 흑선의 정체가 검은 빛깔의 편(鞭), 바로 채찍이라는 사실을 정확히 알아보고 취한 행동이었다.

"가소로운! 천잠사로 엮은 채찍을 맨손으로 잡으려 들어?"

유령노조가 냉소를 날리며 흑선과, 바로 검은 채찍과 연결된 손을 사납게 당겼다.

순간, 그의 손에서 직선으로 뻗어진 검은 채찍의 끝이 성난 독사처럼 머리를 쳐들며 설무백의 손목을 거칠고 사납게 휘감았다.

비단 휘감았을 뿐만 아니라 엄청난 힘으로 조여들었다.

그러나 그게 다였다.

설무백은 아무렇지도 않게 우뚝 서서 유령노조를 바라보고 있었다.

쇠기둥도 끊어 버릴 정도로 강력한 천잠사로 엮어 만든 채찍에 고도의 기공까지 더해졌음에도 불구하고 설무백의 손목에 그저 휘감겨서 빨랫줄처럼 팽팽히 당겨지고만 있는 것이다.

"헉!"

유령노조가 절로 헛바람을 삼키는 그때, 설무백이 다른 손을 내밀어서 검은 채찍을 잡아당겼다.

유령노조가 끌려왔다.

설무백은 두 손을 교대로 내밀어서 채찍을 잡아당기는 것으로 유령노조를 질질 끌고 왔다.

유령노조가 끌려가지 않으려고 사력을 다해서 버티고 있었으나, 전혀 소용없었다.

그는 이를 악물고 오만상을 찡그린 채 뒤로 넘어질 듯 기울어진 자세로 두 발의 뒤꿈치로 버티는 자세 그대로 바닥에 깊은 고랑을 만들며 끌려가고 있었다.

손을 놓으면 그만이었다.

하지만 유령노조는 손을 놓지 않았다. 그는 병기를 놓치는 수치를 당할 바에야 차라리 죽음을 택할 성격인 것이다.

넉 장여의 거리가 그렇듯 서서히 좁혀지고 질질 끌려온 유령노조가 이내 설무백의 면전에 도착했다.

"……."

처음에는 더 할 수 없는 경악과 불신으로 크게 떠졌던 유령노조의 두 눈이 이내 무력한 절망감으로 물들어 갔다.

　그다음은 체념이었다.

　빨랫줄처럼 팽팽하게 당겨지던 채찍이 느슨하게 변하고 이내 축 늘어졌다.

　유령노조가 끝내 버티는 힘을 포기하며 그대로 무력하게 서서 설무백을 바라보고 있었다.

　설무백은 서서히 사라지는 거부의 완력에 따라 자신의 힘도 격감시켜서 유령노조의 중심을 잡아 주며 말했다.

　"분노는 이번 일을 해결하는 데 아무런 도움이 되지 않습니다. 그저 현실을 부정하고 싶은 무의미한 외침에 불과합니다."

　유령노조의 어깨가 아래로 처졌다.

　무력감에 싸인 듯 말없이 고개를 숙이는 모습이었다.

　그때 천공수가 그런 유령노조를 변호하듯 말했다.

　"하지만 분노하지 않으면 안 될 때가 있고, 그래야만 하는 입장이라는 것이 있는 법이지. 지금 그가 그렇다네. 모종의 사태로 파계하고 중원으로 들어오긴 했지만, 과거에는 절실한 라마승인 서장 출신이니까."

　장내가 조용해졌다.

　공야무륵 등은 유령노조가 가진 의외의 과거 신분에 말문이 닫혔고, 흑혈 등은 수긍으로 인한 측은지심으로 유령노조를 바라보느라 그랬다.

그러나 설무백은 아랑곳하지 않고 냉정하게 말했다.

"그래서 말씀드린 겁니다. 그럴수록 더욱 참고 냉정해져야지요."

"사제의 말은 마치…… 아니, 아닌 게 아니라, 그러고 보니 그러네?"

천공수가 이제야 깨달은 듯 놀란 표정으로 설무백을 바라보며 재우쳐 물었다.

"설마 사제는 이미 그것을 알고 있었다는 건가?"

설무백은 픽 웃으며 말했다.

"제가 보기보다 제법 발이 넓지요."

"발이 넓다?"

"오는 길에 들었습니다. 과거 산해관을 넘어온 세외인이라고만 알려진 유령노조 노선배님이 사실은 마하란(摩訶瀾)이라는 이름을 가진 서장 출생이며, 금륜대법왕과 더불어 서장 무림의 양대 산맥으로 손꼽히는 대뢰음사의 주지, 뇌정마불 아란타의 대제자였다가 모종의 사태로 파계한 라마승이었다죠?"

천공수 등은 말할 것도 없고, 무력하게 늘어져 있던 유령노조마저 바짝 고개를 쳐들며 커진 두 눈으로 설무백을 바라보았다.

"그걸 어떻게……?"

"말씀드렸잖습니까. 제가 보기보다 발이 제법 넓다고요."

천공수가 왠지 모르게 불안한 기색을 드리워진 눈빛으로 바라보며 물었다.

"사제의 그 넓은 발에 혹시 이 사형에 대한 것도 걸쳐 있나?"

있었다.

사전에 흑점을 조사한 하오문의 정보에는 삼태상의 과거에서 오늘에 이르기까지의 모든 내력이 전부 다 들어 있었다.

"아쉽게도 사형에 대해서는 그다지 없네요. 그저 사형이 비인부전(非人不傳)을 고집하는 우리 공공문(空空門)의 전통을 깨고 마구 제자를 들였다가 결국 숱한 알력이 벌어지는 와중에 흉악한 한 놈이 반목해서 장문제자(掌門弟子)을 죽이고 도주했다는 정도?"

"아, 그, 그건 그러니까, 내가 그 녀석을⋯⋯!"

"압니다. 사형이 삼십 년이 지난 지금까지도 여전히 포기하지 않고 그놈을 찾고 있다는 거요."

"그, 그래. 아니, 다행이군."

"비켜 봐."

흑천신이 웃지도 울지도 못하겠다는 표정으로 이마의 진땀을 닦는 천공수를 슬쩍 밀치고 나섰다.

"혹시 나에 대해서도 아는 바가 있나?"

설무백은 특유의 미온한 미소를 떠올리며 아는 것을 솔직하게 말했다.

"자타가 공인하는 이십팔숙의 첫째, 즉 정사지간의 최고수들이라는 이십팔숙의 대숙(大叔)인 구천노조(九泉老祖) 호연작(呼延

灼), 호연 노야시라고 들었습니다. 물론 구천의 어른이 대체 어떤 연유로 흑천의 신으로 변하셨는지는 모릅니다만."

흑천신이 고개를 끄덕이며 묵묵히 설무백을 응시했다.

워낙 일관되게 무심해서 쉽게 감정의 기복을 읽을 수 없는 사람이었으나, 적잖게 놀란 빛이 담긴 눈빛이었다.

그러던 흑천신의 입가에 슬며시 미소를 떠올랐다.

천공수와 유령노조, 흑혈이 정말 놀랍다는 듯 동시에 화등잔처럼 커진 눈으로 흑천신을 바라보았다.

다른 사람들은 이해할 수 없을지 모르나, 그들에게는 그랬다. 그간 그들은 흑천신이 웃는 모습을 단 한 번도 본 적이 없었기 때문이다.

"뭐야? 왜 그래 너? 어디 아파?"

천공수가 눈치를 보며 걱정스럽게 물었다.

흑혈은 말할 것도 없고, 이래저래 축 처져 있던 유령노조도 걱정스러운 빛으로 흑천신의 눈치를 보았다.

다들 정말로 흑천신의 정신에 문제가 생겼다고 보고 걱정하는 것이 아니라, 흑천신이 어떤 사고를 칠지 모른다고 생각해서 걱정하는 것이다.

흑천신이 그런 그들의 태도와 상관없이 웃는 낯으로 설무백을 향해 말했다.

"구천이 왜 흑천으로 변했는지는 나중에 기회가 되면 따로 만나서 얘기해 주도록 하지. 술이 필요한 얘기라서 말이야. 그리고 이거…….”

말미에 흑천신은 품을 뒤져 꺼낸 작은 신패 하나를 설무백에게 내밀었다.

“가져. 앞으로 어떤 식으로든 흑점과 자주 연락을 취해야할 텐데, 그게 있으면 좀 편할 거야. 꽤나 상징적인 신패라 흑점의 어디를 가도 이것저것 묻지 않고 바로 인정해 줄 테니까.”

원형과 세모가 합쳐진 마름모꼴의 신패였다.

처음에는 원래 그렇게 생긴 모양인가 했는데, 살펴보니 그게 아니라 원형에서 떨어져 나온 조각이었다.

다만 원형의 일부에 지나지 않은 조각에 불과했어도 설무백은 첫눈에 신패가 의미하는 것을 알 수 있었다.

조각난 신패에 새겨진 것이 붉은 색의 달에 백색의 해골이 들어간 문양의 일부였기 때문이다.

신패는 바로 흑점의 야시를 알리는 등불에 그려진 그림과 같은 문양이었고, 그것은 바로 흑점을 상징하는 것이었다.

다만 자세히 보니 약간의 차이가 있었다.

조각난 신패임에도 완벽한 글자 하나가 새겨져 있었다.

해골의 한쪽 눈에 해당하는 형태로 새겨진 무(武) 자가 바로 그것이었다.

“……?”

신패를 확인한 설무백은 어리둥절해져서 흑천신을 바라보다가 본의 아니게 천공수와 유령노조, 흑혈에게 시선을 빼앗겨 버렸다.

그들, 세 사람이 너무 놀라고 당황한 표정으로 두 눈을 휘둥그렇게 뜬 채 흑천신을 바라보고 있었기 때문이다.

천공수가 말했다.

"뭐 하는 짓이야?"

흑천신이 예의 무뚝뚝한 표정으로 돌아가서 어깨를 으쓱했다.

"보다시피 내 자리를 넘겨준 거야."

"왜?"

"왜긴 왜야? 당연히 나보다 어울리니까 넘긴 거지."

"아니, 그게 무슨……?"

천공수가 아무래도 쉽게 납득할 수 없다는 표정으로 따지고 들다가 문득 말문이 막힌 표정으로 변했다.

곁에 서 있던 유령노조 때문이었다.

유령노조가 대뜸 고개를 끄덕이더니 앞서의 흑천신처럼 품을 뒤져서 꺼낸 신패 하나를 설무백에 건넸던 것이다.

이번에도 한조각의 신패였는데, 붉은 달 안에 들어간 해골의 오른쪽 눈에 해당하는 곳에 흑천신이 넘긴 조각과 마찬가지로 완벽한 하나의 글자가 새겨져 있었다.

바로 사(士) 자였다.

설무백이 얼떨결에 그 신패를 받아 들자 유령노조가 웃는 낯으로 한숨을 내쉬며 한탄하듯 말했다.

"하긴, 돌이켜 보면 한심하게 애초의 신념도, 언약도 잊은 채 변변히 해 놓은 일도 없이 이리 뒹굴 저리 뒹굴 흑점의 이름만 뻐기며 사십 년을 보냈지."

그는 밝게 웃으며 흑천신을 보았다.

"그나마 다행이다. 너라도 기억하고 있어서."

흑천신은 그저 습관처럼 감정 없는 얼굴과 눈빛으로 침묵할 뿐이었다.

하지만 이제는 천공수도 무언가 느낀 것 같았다.

유령노조의 말을 듣기 무섭게 안색이 변했다.

유령노조가 뒤늦게 그런 천공수에게 시선을 주며 말했다.

"기억 나냐? 전대 삼태상께서 그러셨잖아? 우리에게 신패를 넘겨줄 때서야 비로소 이 신패가 본디 하나였다는 것이 기억나더라고, 너희들은 그러지 말라고. 기억 안 나냐?"

"그, 그야 기억은 나지만……."

천공수가 울지도 웃지도 못하겠다는 표정으로 말을 더듬다가 버럭 악을 썼다.

"쟤는 내 사제란 말이야! 족보가 꼬인다고!"

유령노조가 끌끌 혀를 차며 천공수를 타박했다.

"버리고 얻는 건데 족보가 왜 꼬여? 하물며 우리보다는 네가 더 낫지. 네 사제니까."

천공수가 한숨을 내쉬고 또 다시 내쉬다가 이내 품을 뒤져서 두 사람, 흑천시과 유령노조가 설무백에게 건넨 것과 같은 신패 조각 하나를 꺼내 들었다.

그리고 설무백에게 내밀고는 말했다.

"내게 너의 사형인 것 잊지 마라?"

설무백은 알 것도 같고 모를 것도 같은 분위기였으나, 그에 앞서 완성된 신패의 모양이 궁금해서 천공수가 내미는 신패를 사양치 않고 받은 다음 세 개의 조각을 결합해 보였다.

과연 세 개의 신패 조각은 원형인 하나의 신패였고, 거기 새겨진 그림은 붉은 달에 드리워진 백색의 해골이었다.

천공수가 넘긴 신패 조각은 해골의 입에 해당하는 곳에 상(商)자가 양각되어 있었는데, 그것과 함께 나머지 두 개를 결합해서 하나의 신패가 되자 신패의 중심에 해당하는 해골의 코에서 새로운 하나의 글자가 드러났다.

세 개의 신패 조각이 모여서 완성된 그 글자는 바로 흑(黑) 자였다.

"흑무(黑武), 흑사(黑士), 흑상(黑商)……?"

설무백이 신패의 중심에 새겨진 흑자를 앞에 두고 나머지 글자들을 붙여서 읽어 보는 순간이었다.

흑혈과 삼태상인 천공수와 흑천신, 유령노조, 그리고 내내 진땀을 흘리며 이리저리 눈치만 보고 있던 수관사 방척이 동시에 바닥에 엎드려서 머리를 조아렸다.

"흑점의 주인을 배알합니다!"

"흑점의 주인은 한 사람입니다. 다만……."

"원래대로 편하게 말 놓으시죠."

"흑점의 율법이 그래 놔서……."

"사형은 그다지 율법에 얽매이는 성격도 아니잖습니까."

"그렇긴 하지만……."

"듣는 제가 불편해서 그럽니다."

"그럴까, 그럼?"

말뿐 아니라 자세까지 전처럼 편하게 고쳐 앉은 천공수가 세 조각으로 갈라진 신패의 유례를 간단명료하게 설명해 주었다.

사실 누구나 다 예상할 수 있을 정도로 간단한 유례였다.

본디 흑점의 주인은 한 사람이었으나, 그 한 사람의 능력과 같은 후계자를 찾을 수 없어서 세 사람으로 변했다는 것이다.

"삼태상은 흑점의 주인이 아닌 게야. 주인을 기다리는 시종일 뿐이지. 그렇다고 아무런 권한이 없는 건 아니야. 삼태상이 인정한 한 사람이 흑점의 주인이 되는 거니까. 바꿔 말해 삼태상의 인정을 받지 못하면 흑점의 주인이 될 수 없다는 뜻이지."

계획이 세워진 처음에는 그 누구도 오래갈 일이라고 보지 않았다. 세상은 넓고, 인재는 많았다.

그런 것이 무려 사대에 걸쳐 삼태상으로 이어졌다.

우선 성격도 다르고 저마다 추구하는 무공의 길도 다른 세 사람이 다 인정하는 인재를 찾기가 어려웠다.

그다음에는 욕심이 고개를 들었다.

전대의 율법에 따라 주인이 아니라 주인을 기다리는 혹은 찾는 시종이라지만, 그들이 흑점에서 가진 권한은 지대했고, 그걸 쉽게 포기할 정도로 소탈하고 소박한 사람은 매우 드물었다.

사람은 누구나 다 속물이 아닐지라도 남의 것을 빼앗진 않을지언정 자신의 것을 빼앗기지는 않으려는 욕심은 가지고 있기 때문이다.

"그걸 처음 바꾸신 분이 바로 전대 삼태상이셨던 사부님이시지. 이쪽 일을 제대로 알지도 못하는 내게 알아서 하라며 신패를 던져 주시고는 훌쩍 떠나 버리셨으니까. 사제도 잘 알겠지만 워낙 어딘가에 매이는 것을 싫어하는 분이시잖아, 우리 사부님이."

설무백은 인정했다.

세상 그 누구보다도 자유로운 영혼을 가진 사람이 바로 야신 매요광이었다.

매요광의 모습이 떠오른 그는 절로 미소를 그렸다.

"그만큼 자기 자신만 아시는 독불장군이기도 하셨죠."

"큭큭, 그래. 그러시기도 하셨지. 큭큭……!"

천공수 역시 해학적인 매요광의 모습을 떠올리는지 아련한 눈빛을 드러내며 특유의 기소를 흘렸다.

설무백은 문득 궁금해져서 물었다.

"그럼 매 사부님과 함께하시던 전대 삼태상의 나머지 두 분은 어떤 분들이셨죠?"

흑점이라는 틀을 떠나서 천하삼기의 일인으로 강호 무림을 질타하던 매요광과 어깨를 나란히 하는 인물들이라면 참으로 대단한 고수가 아닐 수 없다는 생각이 들어서 건넨 질문이었다. 그리고 그의 짐작이 옳았다.

천공수가 그것을 알려 주었다.

"천인사검(千刃死劍) 냉소담(冷小錟) 어른과 철장마제(鐵掌魔帝) 조무기(祖無記) 어른이셨다."

설무백은 절로 고개를 끄덕였다.

과연 그의 짐작대로 나머지 두 사람도 대단한 고수들이었다.

천인사검 냉소담과 철장마제 조무기는 각기 천하십검과 천하오권(天下五拳)에 속한 고수들이었다.

물론 일반적으로 강호 무림의 고수를 평가할 때, 일왕쌍성삼신사마(一王雙星三神四魔)로 대변되는 천하 십대 고수 아래로, 무림 오왕과 정도십걸과 흑도십웅, 그리고 정사지간의 고수를 대변하는 이십팔숙과 나란히 천하십검, 천하칠도, 천하오권, 구주칠기, 신주팔영(新州八影)을 순차적으로 구분하는 것이 보통이었다.

그러나 천하 십대 고수를 제외한 나머지 고수들의 실력은 누가 누구와 싸워서 이기거나 져도 전혀 이상할 것이 없을 정도로 별반 차이가 없다는 것이 강호 무림의 보편적인 시선인지라 혹자는 그들을 그저 백대 고수로 부를 정도였다.

실례로 무림오왕을 천하 십대 고수에 속한 무림사마와 견주는 사람들이 흔하다는 사실이 그것을 대변하는데, 하물며 냉소담과 조무기는 저마다 천하칠도와 천하오권의 선두를 다툰다고 알려진 고수들인 것이다.

"그럼 그분들은……?"

설무백의 질문을 들은 천공수가 대답 대신 슬쩍 유령노조와 흑천신에게 시선을 주었다.

그러자 유령노조와 흑천신이 서로 시선을 교환하더니, 이내 유령노조가 나섰다.

"천인사검 사부님께서도 그로부터 얼마 지나지 않아서 내게 신패를 던져 주고 떠나셨습니다. 그분께는……!"

"떠나셨네!"

설무백은 짐짓 오만상을 찡그리는 것으로 불편한 심정을 드러내며 잘라 말했다.

"제가 불편하다니까요?"

유령노조가 멋쩍긴 하나 그리 싫지 않은 기색으로 미소를 흘리며 말투를 바꾸어서 다시 말했다.

"……그분께는 평생의 숙원이 있었어. 바로 일찍이 쓰라린 패배의 아픔을 선사한 귀검 나백과 다시 한번 검을 겨루어 보는 거였는데, 승패를 떠나서 돌아오지 않을 것이라고 하고 떠나셨고, 실제로 그 이후로 돌아오지 않으셨네."

흑천신이 유령노조의 뒤를 이어서 말했다.

"철장마제 사부께서도 같네. 일찍이 약관의 강호행에서 패배를 안겨 준 구철마신 척신명과 다시 한번 겨뤄 보겠노라고 하시며 내게 흑점의 신패를 물려주고 떠나셨네. 물론 마찬가지로 그 이후에 연락이 없으시고."

설무백은 의지와 무관하게 절로 마른침을 삼켰다.

야신 매요광의 경우는 그렇다 쳐도, 천인사검 냉소담과 철장마제 조무기가 천하삼기의 나머지 두 사람인 구철마신 척신명과 귀검 나백 등이 그야말로 얽히고설킨 은원 관계라는 것을 알게 되자 마치 그가 몹쓸 짓을 한 것처럼 가슴이 뜨끔했다.

아무래도 야신 매요광이 구철마신 척신명과 귀검 나백의 오랜 동무로 함께 지내게 된 배경에는 그들, 천인사검 냉소담과 철장마제 조무기와 관련된 필유곡절이 있는 것이 분명해 보여서 만감이 교차하기도 했다.

다만 한편으로 그들, 냉소담과 조무기의 연락 부재에 대해서는 그도 의문이 들었다.

냉소담과 조무기는 정작 천신명과 나백을 만나지 못했다.

천하삼기는 그들이 나서기 이전부터 이미 누군가의 음모로 인해 구금된 신세였다는 사실을 그는 익히 잘 알고 있었다.

'혹시나 다른 길로 만날 방법이 있었을까?'

설무백은 문득 그런 의문이 들었으나, 이내 고개를 저어서 생각을 털어 냈다.

돌아가신 분들에게 물어볼 수도 없으니 답답한 노릇이기도 했고, 무엇보다도 지금은 과거의 일보다 현재의 상황에 더 집중해야 할 시간이었다.

서둘러 마음을 다잡은 그는 세 개의 조각이 붙어서 하나로 완정된 신패를 천공수 등에게 내보이며 말문을 돌렸다.

"어쨌거나, 제가 이걸 받으면 흑점의 주인이 된다는 거네요. 그렇죠?"

천공수가 슬쩍 유령노조와 흑천신의 시선을 일별하며 고개를 끄덕였다.

"그렇습니…… 아니, 그렇지. 우리는 어디까지나 흑점의 율법에 따라 주인을 기다리던 시종에 불과하니까."

설무백은 새삼스러운 눈빛으로 수중의 신패를 살펴보고는 짐짓 무겁게 심각해진 눈빛으로 천공수를 바라보았다.

"이런 막중한 물건을 이렇게 무조건 막무가내로 제게 주면 제가 얼씨구 좋다 하고 냉큼 받을 것 같아요?"

천공수가 추호도 망설임 없이 고개를 끄덕였다.

"응."

"아주 잘 봤어요."

설무백은 즉시 인정하며 씩 웃었다.

솔직히 말해서 그게 무엇이든 주어진 힘에는 반드시 그만큼의 책임도 따른다는 것을 익히 잘 알기에 마냥 좋은 기분은 아니지만, 그게 거부할 이유는 될 수 없었다.

구구절절하게 설득해도 어려울지 모른다고 생각하던 흑점의 모든 일을 한 방에 해결할 수 있는 열쇠를 그가 어찌 거절할 수 있을 것인가.

"다만……!"

설무백은 슬쩍 검후에게 시선을 고정하며 어깨를 으쓱했다.

"하필이면 자리가 참 그러네요."

"아……!"

천공수 등이 그제야 지금 이 자리에 검후가 함께하고 있다는 사실을 깨달은 듯 어색한 표정으로 굳어져서 검후를 바라보았다.

그러자 검후가 말했다.

"검후가 문제라면 신경 쓰지 않아도 되요. 그게 기습이든 뭐든 간에 패배한 검후는 더 이상 검후의 자격이 없으니까요."

설무백은 무심하게 물었다.

"그 말인 즉, 비밀을 지켜 주겠다는 건가?"

검후과 피식 웃으며 다른 말을 했다.

"신기하게도 이제 당신의 반말이 꽤나 익숙해져서 아무런 감정도 들지 않네요."

설무백은 더 묻지 않고 천공수 등에게 시선을 돌리며 의미심장하게 말했다.

"다행히도 비밀을 지켜 주겠다니, 이제 어디 한번 본격적으로 우리 앞에 놓인 문제들을 논의해 볼까요?"

천공수와 유령노조, 흑천신이 서로서로 어리둥절해하며 시선을 교환하는 가운데, 흑혈이 나서며 물었다.

"모든 얘기가 다 끝난 줄 알았는데, 아직 남은 문제가 있었던가요?"

있었다.

설무백은 수중의 신패를 들어 보이며 그것을 밝혔다.

"내가 보기보다 매우 바쁜 사람이라 이걸 받았다고 해서 흑장로들의 회합에 나설 생각은 전혀 없거든."

천공수 등 삼태상과 흑혈의 안색이 그야말로 맛나게 밥을 먹다가 벌레를 씹은 것처럼 일그러졌다.

설무백은 일그러진 그들의 입에서 다른 말이 나오기 전에 먼저 다시 말했다.

"책임지고 해결해. 이건……."

말꼬리를 흐린 그는 수중의 신패를 흔들어 보였다.

"부탁이 아니라 명령이야."

천공수 등 삼태상과 흑혈의 얼굴이 볼썽사납게 일그러졌다.

그 모습을 보며 특유의 미온한 미소를 흘린 설무백은 나직하나 묵직한 느낌을 주는 어조로 말을 덧붙였다.

"대신 그럴 수밖에 없는 이유를 지금 이 자리에서 다 얘기해 주도록 하지."

그래서 이야기가 길어졌다.

설무백은 우선 오래전부터 서서히 변해 온 강호 무림의 흐름을 요소요소 짚어 가며 세세히 설명했다.

그다음에 지난날 묘강에서 벌어진 오독문의 사태와 그로 인해 풍잔의 반천오객 등이 겪었던 일들을 낱낱이 밝혀 주는 것으로 서장의 사태가 섣불리 나설 수 없는 일임을 모두에게 각인시켜 주었다. 그리고 더는 그 모든 배후를, 바로 전생의 기억과 환생한 이후의 경험을 토대로 그가 밝혀낸 이름을 감추지 않고 드러냈다.

"마교!"

설무백의 입에서 처음으로 뱉어진 그 이름 앞에서 장내의 모두가 여지없이 얼어붙어 버렸다.

과거 중원 무림의 마지막 횃불이던 천애유룡과 일천결사의 동귀어진으로 힘겹게 봉쇄했던 마교의 발호는 오백 년이나 지난 지금까지도 모든 이들의 가슴에 여전히 선명한 악몽으로 자리하고 있는 것이다.

장내가 무거운 침묵에 빠졌다.

천공수가 애써 마음을 다잡은 기색으로 말문을 열었다.

"불과 얼마 전의 일이긴 하나, 그런 얘기가 우리들 사이에서도 나온 적이 있었지. 하지만 이런저런 의견만 분분할 뿐, 이렇다 하게 확신할 수가 없어서 아직까지도 계류 중이었네. 마교가 아니라 마교의 일맥에 불과하다는 시선이 강해서 말이야."

그는 고개를 저으며 덧붙였다.

"아, 물론 마교의 일맥이라고 해서 무시하는 건 아니야. 뭐

믿거나 말거나지만, 과거 강호 무림을 피바다에 잠기게 했던 혈교의 마왕인 지옥혈제 파릉 무공이 바로 마교의 십대마공 중 하나인 혈무사환공이었다는 소문은 나도 익히 잘 알고 있으니까. 그런데 사제의 의견은 확실히 마교란 말이지?"

"예, 확실히 그렇습니다."

"장담하나?"

"장담합니다!"

"음!"

설무백의 확신에 찬 눈빛을 마주한 천공수는 묵직한 침음을 흘리며 물러나 앉은 가운데, 유령노조가 눈을 빛내며 나섰다.

"실로 마교라면 이건 비단 우리만의 문제가 아니야. 강호 무림 전체의 문제이고, 더 나아가서 구중천(九重天)도 결코 예외가 될 수 없네."

설무백은 고개를 끄덕이는 것으로 수긍하며 말했다.

"벌써부터 다들 싸우고 있습니다. 다만 저마다의 사정으로 인해 드러내지 못하고 있을 뿐이지요."

다들 무슨 말인지 모르겠다는 표정이었으나, 한 사람 유령노조만은 예리하게 무언가 감지한 눈빛을 드러냈다.

"혹시 그 말은 저들의 입김이 벌써 모든 세력의 내부에서 작용하고 있다는……?"

"혹시가 아닙니다."

설무백은 넌지시 잘라 말했다.

"저들의 간자는 실로 모든 세력의 턱밑까지 침투해 있을 것이 자명합니다. 실로 다들 누가 간자인지 몰라서 서로 뭉치지 못하고 있는 거지요."

"음."

유령노조가 침음을 흘리며 고개를 끄덕였다.

천공수도 그리고 흑천신도 이제야 설무백의 말이 무슨 의미를 담고 있는 것인지 깨달은 표정이었으나, 유령노조와 마찬가지로 차마 그것을 입 밖으로 꺼내지 못하고 있었다.

바로 흑점도 예외가 아니라는, 흑점의 내부에도 마교의 간자가 깊숙이 침투해 있다는 것이 설무백이 주장인 것이다.

그러나 흑혈은 달랐다.

그는 정말 분하다는 듯 붉게 달아오른 얼굴, 억울함이 사무친 눈빛으로 설무백을 바라보며 부정했다.

"우리 흑점은 아닙니다! 그건 정말 가당치 않은 오해십니다!"

설무백은 픽 웃으며 대꾸했다.

"그럼 네가 그게 오해라는 것을 밝히면 되겠네."

"예?"

흑혈이 불시에 한 대 맞은 표정으로 설무백을 쳐다봤다.

설무백은 그에 아랑곳없이 말하며 자리를 털고 일어났다.

"내가 좀 바쁘다고 했지? 산해관(山海關)에 다녀와야 해서 그래. 원래는 북평에서 바로 갈 예정이었는데, 아무래도 여기 일부터 처리하는 게 순서인 것 같아서 굳이 길을 돌아온 거거든.

천외천의
주인

지금 바로 출발해도 얼추 보름은 걸릴 테니 왕복 한 달 이상이야. 그때까지 잘 밝혀내 봐."

"하, 한 달 안에요?"

설무백은 얼떨떨해하는 흑혈에게 짐짓 사나운 눈총을 주었다.

"한 달이 짧아서? 절대 아니라고 생각했다면 그만한 근거가 있을 테고, 그럼 증명하기도 쉬울 거잖아."

"아, 아니, 아무리 그래도……?"

흑혈이 매우 난감해했다.

설무백은 아무렇지도 않게 그런 그의 곁을 지나다가 슬쩍 고개를 기울이며 소곤거렸다.

"오랜만에 탄생한 흑점의 주인이 첫 번째로 내리는 명령이 흑점의 폐점이야. 흑장로들에게 그걸 밝히는 자리를 한번 잘 활용해 봐."

흑혈이 반색했다.

설무백은 그런 그를 지나서 천공수 등에게 정중한 공수로 작별을 고하며 말했다.

"등잔 밑이 어둡다고는 하나, 아무래도 흑점의 본부가 무림맹의 곁에 자리하는 건 좋지 않다고 보입니다. 저들에게 드러나면 여러모로 공략하기 편한 표적이 될 테니까요. 한번 신중하게 생각해 보십시오. 그럼 저는 이만, 다녀와서 뵙겠습니다."

만리장성(萬里長城)의 동쪽에 자리한 첫 번째 관문으로, 과거 태조 주원장의 명령으로 만리장성을 연장시키며 산과 바다를 이었다는 의미로 지어진 이름인 산해관은 천하제일관(天下第一館)이라 불리는 이름 그대로 대단한 위용을 자랑했다.

관문의 둘레가 십 리에 달하고, 성루에 자리한 문마루의 높이가 사장이 넘었으며, 대문의 폭만 해도 이장을 웃도는데다가, 천하제일관이라는 편액의 글자 크기만 해도 어지간한 사람의 신장보다 큰 팔 척이 넘을 정도였다.

산해관은 허풍선이처럼 외관만 그럴 듯하게 지어진 관문이 아니라 명실공히 중원 대륙에서 북방 소수민족을 방어하는 데 전략적 가치가 더 없이 유용한 군사적 요충지인 관문인 것이다.

산해관을 기준으로 남쪽을 관내(關內)라고 하고, 북쪽을 관외(關外)라 부르는 이유가 그것을 대변하는데, 설무백 등이 바로 그곳, 산해관의 북쪽인 관외의 이름 모를 갈림길에 도착한 것은 하남성 정주부의 흑점을 떠난 지 정확히 닷새가 지난 초저녁 무렵이었다.

"좌측은 건평부(建平府)로 가는 길이고, 우측은 해안을 따라서 수중부(綏中附)와 흥성부(興城府), 호로도(葫蘆島), 금주부(錦州府)로 이어진 길입니다. 어디로 가시겠습니까?"

산해관에서부터 따라온 중년의 군관(軍官)인 사상척(査相斥)

의 설명이었다.

마상에서 내려선 뒤 갈림길의 중심에 서서 설무백을 돌아보며 말하는 그의 태도는 지난 반나절 동안 일관되게 보여 주던 모습처럼 어디까지나 무뚝뚝하고 무덤덤했다.

무심할 정도로 담백한 사람이라 도움은 될지언정 추호도 걸리적거리지 않을 것이라는 산해관의 주장(主將) 위기장군(衛旗將軍) 원도명(猿刀明)의 소개는 어김없는 사실이었다.

그러나 여기까지였다.

이제 더는 사상척과 동행할 수 없었다.

기실 설무백은 오랫동안 산해관의 주장으로 재임한 무위장군 원도명이 정치적으로 어느 쪽으로도 치우치지 않았으면서도 개인적으로는 북평의 연왕과 친분도 있어서 관외의 정보를 얻을 요량으로 굳이 만났고, 사상척을 길 안내로 붙여 주는 것도 선의로 보고 거절하지 못했으나, 이 정도면 충분했다.

설무백은 우선 마상에서 내렸다. 그리고 공야무륵과 검후가 뒤따라 마상에서 내리는 것을 확인하고 나서 사상척을 향해 말했다.

"우리는 건평부를 통해 흑수(黑水)에 들렀다가 흑산(黑山)으로 갈 예정이오. 하니, 이제 안내가 필요 없을 것 같소. 초행길이긴 하나, 산해관의 군관을 사지로 데려갈 수는 없는 일이오."

사상척의 얼굴과 눈빛에 처음으로 감정의 변화가 나타났다.

적잖게 놀라고 당황한 기색이었다.

그럴 만도 했다.

관외의 사람들이 소위 쌍흑(雙黑)이라고 불리는 요녕성(遼寧省)의 흑수와 흑산은 청해나 신강, 서장보다도 더 많은 산적과 마적이 득시글거리는 관외에서도 최악의 소굴로 악명이 자자한 지역인 것이다.

"심상치 않은 용무가 있을 것이라고 짐작은 했지만, 설마 쌍흑을 돌아볼 예정이라고는 미처 예상하지 못했군요. 하지만 그렇다고 여기서 돌아설 수는 없습니다. 그리고 손발 놀리는 거라면 소관도 조금 합니다. 명색이 무장인데 도적들에게 겁을 먹어서 물러났다는 소리는 듣고 싶지 않습니다."

설무백은 냉정하게 고개를 저었다.

"싸우러 가는 게 아니라 살피러 가는 거요. 그리고 그리 오랜 시간을 잡고 온 행보가 아니라서 당신까지 살피며 이동할 수는 없소."

사상척이 적잖게 불쾌하다는 투로 말했다.

"저를 보살펴 달라고 요구한 적 없습니다. 하물며 선부께서 마장(馬場)을 하셔서 이래 봬도 걸음마를 떼기 전부터 말상에 오른 몸입니다. 짐이 되는 일 없이 알아서 잘 처신할 테니, 걱정하지 마십시오."

"우리가 왜 말에서 내린 것 같소?"

"예?"

설무백은 어리둥절해하는 사상척의 손에 자신의 말과 공야무릎 등의 말고삐를 쥐어 주며 픽 웃었다.

"행보를 서두르려는 거요."

사상척이 이제야 무슨 뜻인지 이해한 듯 미간을 찌푸리며 설무백 등을 둘러보았다. 특히 검후를 유독 살폈다.

검후가 눈살을 찌푸리며 꼬집어 말했다.

"내가 여자라서 그래요?"

사상척이 사실을 적시 당했음에도 머쓱한 기색 하나 없이 고개를 끄덕이며 자신의 생각을 밝혔다.

"여자라서 무시하는 게 아니라 사실이 그렇지 않습니까. 아무래도 여자는 남자에 비해 불리한 점이 있지요."

검후가 입으로 웃으며 물었다.

"그렇지 않은 여자가 있다는 거 보여 줄까요?"

"그건 나중에 기회가 되면······."

사상척이 자못 냉정하게 검후의 말을 자르고 외면하며 설무백에게 시선을 고정했다.

"말보다 빨리 달릴 수 있는 무림의 고수들이 있다는 얘기는 들었습니다. 하지만 여기 관외는 거의 다 땅이 굳은 평야지대라 말을 달리는 데 아무런······!"

설무백은 불쑥 물었다.

"우리가 하남성 정주부에서 산해관까지 오는 데 나흘 정도 소모했다는 내 말, 전혀 믿지 않았죠?"

"······."

사상척이 침묵으로 인정했다.

설무백은 그런 그를 향해 정중히 공수하는 것으로 작별을 고하며 말했다.

"사실이오, 그거. 그래서 따라오고 싶어도 따라올 수 없을 거요."

말을 끝낸 설무백은 웃는 낯으로 느긋하게 돌아섰다.

공야무륵과 검후도 그를 따라서 돌아서고 있었다.

사상척은 재빨리 따라가려고 마상에 올랐다.

하지만 고삐를 당기는 대신에 두 눈을 크게 부릅뜨며 그대로 굳어져 버렸다.

"어라?"

설무백과 공야무륵, 검후가 한순간에 보이지 않았다.

분명 그들이 돌아서는 모습을 보며 마상에 오른 것인데, 마치 촛불이 꺼지는 것처럼 홀연히 사라져 버렸다.

설무백의 말마따나 그는 따라가고 싶어도 따라갈 수 없게 되어 버린 것이다.

관도의 좌우로 늘어진 수풀이 빠르게 다가와서 길게 늘어지며 뒤로 사라지고 있었다.

한줄기 바람처럼 혹은 시위를 떠난 화살처럼 내달리고 있는 설무백의 시야로 들어온 주변의 풍광이었다.

사상척의 무시 아닌 무시와 달리 고른 호흡으로 아무렇지도 않게 그런 그의 뒤를 따르던 검후가 불쑥 물었다.

"서장이나 묘강처럼 여기 관외도 이미 저들의 손에 들어갔다고 보는 건가요?"

설무백은 웃었다.

"그렇게 생각했으면 오지 않았지."

"그럼 왜죠?"

"설마라는 의심이 들어서."

검후가 미심쩍은 눈빛을 드리웠다.

"그 말인 즉, 여기 관외는 서장의 포달랍궁이나 묘강의 오독문보다도 더 막강한 존재가 지배하고 있다는 뜻인가요?"

설무백은 그렇다고 말했다.

"소위 관외쌍신(關外雙神)라고 하지."

검후가 고개를 갸웃거렸다.

"태양신마(太陽神魔) 복양홍일(濮陽紅日)과 빙백신군(氷白神君) 희산월(熙産月)이요? 그들은 오래전에 죽은 인물들이잖아요?"

설무백은 고개를 저었다.

"정말 죽었다면 내가 안 왔겠지."

"그들이 안 죽었다고요?"

검후가 미간을 찌푸리며 재우쳐 물었다.

"그럼 심양(沈陽)의 요하평원(遼河平原)에서 벌어진 그들의 비무는 대체 뭐라는 거예요?"

벌써 삼십 년도 더 지난 그들의 비무였다.

태양신마와 빙백신군은 저마다 관외 제일이라고 우기다가 결국 심양의 요하평원에서 마주쳤고, 우습지도 않게도 동귀어진(同歸於盡)해서 끝내 승부를 가리지 못한 일화가 세간에 퍼져 있었다.

"기만술이야."

"예?"

"싸우기도 맞고, 승부를 가리지 못한 것도 사실이긴 한데, 동귀어진은 아니야. 마지막 순간에 중재한 사람이 있어서지."

검후가 어이없어했다.

"그게 사실이라고 해도 믿기 어려울 정도로 신기하네요. 대체 누가 불공대천지수(不共戴天之讎)보다도 더 서로를 경멸하며 질타하던 그들을 중재했다는 거죠?"

설무백은 짧게 대꾸했다.

"관외옥녀(關外玉女) 해사(海斯)."

"관외옥녀 해사라면……?"

"그래, 흔해 빠진 치정 얘기야. 사실 그들의 싸움이 저마다 자기가 제일이라는 것을 증명하기 위한 싸움이긴 했지만, 그 원인을 제공한 사람이 바로 그녀였거든. 그녀에게 보다 더 잘 보이려고. 한마디로 치정 싸움이었던 건데, 원인을 제공자가 중재자로 나섰던 거지."

"그녀가 그들에게 죽은 척하고, 죽은 듯이 살라고 했다는 거예요, 지금? 그게 정말 말이 돼요?"

"안 그러면 그들 앞에 다시는 나타나지 않겠다고 했다더군."

검후가 정말 신기하다는 눈치로 설무백을 바라보았다.

"대체 당신은 그런 걸 어떻게 다 아는 거예요?"

"그냥 알아."

"그러니까, 그냥 어떻게요?"

설무백은 집요하게 묻는 그녀의 태도에 내심 고소를 금치 못했다.

그냥 편하게 나중에 그들의 진짜 죽음이 세상에 알려진다고 말하면 되지만, 그걸 아는 것 역시도 전생의 기억 때문이었다.

사실을 밝힌 것이 매번 그녀에게 새로운 의문의 단서를 제공하는 것에 불과한 것이다.

그때 구원의 손길이 있었다.

"우리 오빠는 말이지 미래를 보는 눈을 가지고 있어. 단순히 사물의 본질을 꿰뚫어 보는 안목과 식견이 아니라 정말 미래를 내다보는 눈 말이야. 그래서 아는 거니까 귀찮게 자꾸 따져 묻지 마."

암중에서 설무백의 곁을 따르는 요미였다.

검후가 어이없다는 듯 실소하며 꼬집어 말했다.

"이게 과거의 일이지, 미래의 일이냐?"

요미가 오히려 비웃었다.

"아줌마 바보야? 미래의 일도 보는 눈인데 과거라고 못 보겠어?"

논리라고는 눈곱만큼도 없는 말이었으나, 언쟁의 승리는 그녀의 것이었다. 아줌마라는 한마디가 가져다준 결과였다.

"너 또 아줌마……!"

검후가 도끼눈을 떴다.

아줌마라는 한마디가 그녀의 이성을 완전히 마비시킨 듯 금방이라도 불을 토할 것만 같은 눈빛이었다.

요미는 어디까지나 태연했다.

"아줌마가 아니면 그냥 아니라고 하면 되지, 화는 왜 내고 그래? 아줌마라는 말에 무슨 자격지심 있어?"

요미가 그걸 모를 리 없었다.

다 알면서도 놀리는 것이 분명했다.

나이는 어려도 사람의 감정을 비트는 것은 그녀가 검후보다 한 수 위인 것이다.

"오냐, 그래! 어디 한번 해보자 이거지!"

검후의 분노가 비등했다.

사람의 성격은 다들 제각각이라 화가 나면 뜨거워지는 사람이 있는 데 반해 화가 날수록 차가워지는 사람도 있는데, 그녀는 후자였다.

안색과 눈빛이 이미 서릿발처럼 싸늘해져 있었다.

그렇지만 상대가 설무백만 아니라면 그 누구의 분노에도 절대로 굴할 요미가 아니었다.

"재미있겠네!"

분명 무섭게 달리는 와중임에도 검후의 기세가 한층 더 싸늘해지고, 그에 대응하는 요미의 기세는 한층 더 뜨거워졌다.

그러던 그녀들이 문득 잠잠해졌다.

기실 전례로 봐서 보통 상황이 이정도로 치달으면 설무백이 나서서 중재하기 마련이었는데, 이번에는 아무런 내색이 없자 우습지 않게도 오히려 그녀들 스스로가 자진해서 멈추어 버린 것이다.

그때였다.

때를 같이해서 설무백이 경공을 멈추고 섰다.

검후와 요미도 얼떨결에 따라서 발길을 멈추었다.

그녀들은 그제야 설무백이 침묵하고 있던 이유를 알게 되었다.

어디선가 말발굽 소리가 들려오고 있었다.

다들 내공의 경지가 높아서 한서불침(寒暑不侵)의 몸이라 별반 의식하지 않고 있었지만, 지금 그들이 달려가는 관외의 땅은 매우 차가웠다.

북풍에 펄럭이는 대기는 싸늘하기 짝이 없었고, 이미 얼어붙은 대지는 간헐적으로 흩날리는 눈발조차 두텁게 쌓일 정도였다.

게다가 사방 어디를 둘러보아도 망막한 평원이며, 지금은 땅

거미가 지기 시작한 이후라 사위가 다 어둑어둑해서 앞으로 나아가는 관도를 제외하면 대체 어디가 어딘지 제대로 가늠하기 어려운 환경이었다.

설무백은 그 속에서도 대번에 말발굽 소리의 근원을 찾아내서 바라보고 있었다.

관도의 우측면이었다.

저 멀리서 얼어붙은 대지에 쌓인 눈발을 휘날리며 한 무리의 인마 떼가 달려오고 있었다.

검후가 인마 떼를 쳐다보며 미간을 찌푸렸다.

"마적일까요?"

설무백은 고개를 저었다.

"패잔병으로 보이는 걸?"

영웅본색英雄本色 (2)

대략 이십여 기의 인마였다.

멀리서 볼 때는 그냥 무더기로 달려오는 것 같았으나, 가까이 다가오자 서열이 눈에 들어왔다.

선두에 한 사람이 나선 가운데, 두 사람이 그 뒤를 따르고, 그 뒤로 나머지 인마 떼가 늘어져 있었다. 그리고 그 구조가 설무백 등의 눈빛을 이채롭게 변화시켰다.

무리의 우두머리로 보이는 선두의 사람이 고작 약관의 사내였기 때문이다.

제법 어둠이 깔린 상태고 아직 거리가 육십여 장이나 떨어져 있었으나, 그것들이 설무백의 시야를 방해할 수는 없었다.

사내는 긴 머리를 뒷덜미에서 질끈 묶었고, 다 해진 누더기

옷을 걸쳤으며, 두 손은 소매 속에 집어넣은 채 말 고삐를 그냥 방치해 두고 있었다.

말이 알아서 달리고 있는 것이다.

얼핏 보면 그저 더 없이 초라한 복색의 사내가 상당한 준마를 타고 있구나 싶겠지만, 전혀 그렇게 보이지 않고 매우 범상치 않은 느낌을 주는 것은 바로 그와 같은 사내의 모습 때문이었다.

사내를 범상치 않게 보이도록 하는 것은 그것만이 아니었다.

안장도 없는 사내의 앞쪽 말에는 이미 뻣뻣하게 굳은 시체 한 구가 엎어진 채로 실려 있었다. 그리고 그것은 그만이 아니라 그를 따르는 무리 전부가 그랬다.

일정한 간격을 두고 그의 뒤를 따르는 두 기마는 물론 그 뒤를 따라오는 모든 기마들에는 이미 뻣뻣하게 굳은 시체 한 구씩이 실려 있었다.

"……그렇다면 대단히 의리가 있는 패잔병들이네요."

검후의 중얼거림이었다.

약간의 차이를 두고 그녀도 설무백만큼의 시야를 확보한 것이다.

"마적이든 패잔병이든 몰골들을 보아하니 그냥 곱게 지나갈 것 같지는 않네요."

공야무륵이 투덜거리듯 한마디 흘리며 앞으로 나서서 도끼를 꺼내 들었다.

"기다려 봐."

설무백은 공야무륵을 말렸다.

마침 그들을 향해 무섭게 달려오던 인마 떼가 서서히 속도를 줄이고 있었다.

언제 어느 순간에 설무백 등을 발견했는지는 모르겠으나, 이제야 그들이 범상치 않은 사람들임을 간파한 것 같은 모습이었다.

공야무륵이 그 모습을 이채롭게 주시하며 말했다.

"이제야 속도를 줄이는 걸 보니, 그냥 지나가려던 거거나, 그냥 쓸어버리고 가려던 거거나 둘 중 하나네요."

검후가 실소했다.

"그건 하나마나한 얘기 아닌가요?"

공야무륵이 입을 다문 채 멀뚱히 검후를 바라보았다.

검후가 미간을 찌푸렸다.

"무슨 눈빛이에요, 그건?"

공야무륵이 대답 대신 묵묵히 검후를 외면했다.

검후가 무시당했다고 생각하는지 두 눈빛을 표독스럽게 바꾸었다.

설무백은 그걸 보고 픽 웃으며 말했다.

"무시하는 게 아니라 신기해하는 거야. 검후씩이나 되는 사람의 입에서 그런 말이 나오니까."

"전 이제 검후가 아니라고 했죠?"

검후가 미간을 찡그린 채로 뾰족하게 대꾸하며 설무백을 노려보았다.

"그럼 전직 검후라고 해 두지."

설무백은 대수롭지 않게 중얼거리고는 슬쩍 고개를 돌려서 어느새 이십여 장까지 거리를 좁힌 인마 떼를 바라보며 대답해 주었다.

"아무튼, 나도 신기하군. 싸움깨나 해 봤다는 전직 검후가 그 두 가지가 다 하나의 의미라는 것을 모르니 말이야."

검후가 전직 검후라는 말이 거슬리는지 오만상을 찡그리고 노려보면서도 호기심이 먼저인 듯 질문했다.

"내가 뭘 모른다는 거죠?"

"저들이 강하다는 거."

설무백은 짧게 대답해 주고 나서 아무래 부족하다는 기분이 들어서 덧붙여 말했다.

"우리가 누군지도 모르고 무시해 버리려고 했을 정도로, 그리고 이내 우리를 알아보는 눈을 가졌을 정도로 말이야."

검후가 이제야 이해한 표정으로 고개를 끄덕이다가 이내 표독스럽게 변한 눈빛으로 슬쩍 공야무륵을 쳐다봤다.

"모를 수도 있지. 그게 무슨 대수라고……?"

공야무륵이 그녀의 시선을 외면하며 딴청을 부렸다.

검후가 집요하게 공야무륵의 시선 앞으로 자리를 옮겼다.

설무백은 짧게 그녀를 말렸다.

"나중에 하지?"

검후가 그만두었다.

그녀도 어느새 지근거리로 다가선 인마 떼를 느낀 것이다.

그때 속도를 줄이며 다가선 인마 떼가 멈추었다.

얼추 대여섯 장의 거리였다.

만약의 사태를 대비한 거리로 보였다.

슬쩍 한 손을 들어서 인마 떼를 멈춘 선두의 사내가 때를 같이해서 설무백에게 시선을 고정했다.

"누구지, 너희들은?"

무언가 권태롭게 보이는 모습에 더해서 술기운에 취한 것처럼 몽롱한 눈빛이 설무백의 전신을 훑는 와중에 쇳소리가 더해진 칼칼한 목소리의 질문이 들려왔다.

설무백은 대답 대신 낡은 마의사내를 포함한 모든 인마 떼를 살펴보았다.

싸늘한 날씨 탓인지 산 사람들의 얼굴은 죽은 사람들처럼 초췌했고, 죽은 사람들의 얼굴은 여전히 살아 있는 것처럼 보였다.

살아 있는 사람들은 하나같이 상처투성이 몸인데 반해 죽어서 마상에 실린 사람들은 비교적 눈에 띄는 상처 자국이 없어서 더욱 그랬다.

다만 한 가지 확실한 것은 죽은 사람들은 몰라도 살아 있는 그들 모두가 흔히 볼 수 없는 고수들이라는 것이었다.

특히 지금 설무백에게 말을 건넨 마의사내는 그들 중에서도 독보적인 기도를 풍겼다.

최소한 풍잔의 장로급이라는 것이 설무백의 느낌이었다.

'누구지?'

설무백은 절로 찾아든 의문을 뒤로한 채 뒤늦게 마의사내의 몽롱해 보이는 눈빛을 마주하며 대답했다.

"상대가 누군지 알고 싶으면 응당 자신부터 밝히는 것이 도리인 걸 모르나?"

마의사내의 좌우로 두 마리의 말이 머리를 내밀었다.

마상의 두 사내가 말허리를 차서 앞으로 나선 것인데, 두 사내 다 상당히 분노한 기색이었다.

마의사내가 슬쩍 한손을 들어서 그들을 제지했다.

그리고 그 손으로 다시 턱을 긁적이며 고개를 갸웃했다.

"아닌가? 놈들하고는 상관없어 보이는 걸?"

설무백은 이제야 느낌이 와서 웃는 낯으로 마의사내의 뒤쪽 방향을 일별하며 고개를 끄덕였다.

"흑수에서 오는 길이군. 관도가 아닌 산을 넘어온 거야. 그렇지?"

마의사내가 자못 게슴츠레하게 바꾼 눈빛으로 설무백을 바라보았다.

"흑수로 가는 길이었어?"

설무백은 보란 듯이 혀를 찼다.

천외천의
주인

"머리가 나쁜 거야, 귀가 어두운 거야? 상대에게 무언가를 물어보려면 자신부터 밝혀야 한다고 말했잖아."

마의사내가 대답 대신 고개를 끄덕이며 혼잣말로 중얼거렸다.

"하긴, 산해관에서 이 길로 들어선 사람들 중에 너희들 같은 애들의 목적지는 거의 다 건평부가 아니라 흑수지."

설무백은 실소하며 물었다.

"우리 같은 애들이 어떤 애들인데?"

마의사내가 삐딱하게 대답했다.

"전통과 명분을 따지며 협작질로 연명하다 본색이 드러나는 바람에 내쫓기거나 도망치는 중원 무림의 모리배라고나 할까?"

설무백은 실소했다.

대화가 어째 순탄치 않게 풀리고 있었다.

어쩌면 이게 마의사내가 원하는 방향인 시비라고 생각되어서 기분이 썩 달갑지는 않았으나, 그렇다고 먼저 고개를 숙이고 들어갈 이유도 없었다.

누가 뭐래도 그는 대놓고 걸어오는 시비를 마다할 사람이 아닌 것이다.

"몰골을 보아하니 그러는 당신은 그런 중원의 모리배에게 본거지를 내주고 중원으로 도망치는 관외의 모리배인가보군."

설무백은 이제야 알겠다는 듯이 말하며 점잖게 덧붙여서 타일렀다.

"아무리 그래도 그렇지, 그렇게 아무에게나 막말하면 쓰나. 나야 그렇다 치고, 이제 어디 가서 그러지 마. 개차반 소리 들으니까."

마의사내가 어처구니없는 듯 웃음을 흘리며 말했다.

"너 정말 내가 누군지 모르는구나?"

설무백은 태연하게 반박했다.

"그러는 너도 내가 누군지 모르잖아?"

마의사내가 화가 머리꼭대기까지 치솟은 듯 붉게 달아오른 얼굴로 이마에 굵은 핏대를 세웠다.

"내가 너를 모르는 것하고 네가 나를 모르는 것을 같은 것으로 취급하다니, 너 정말 내가 누군지 모르는 모양이구나! 하지만 모르는 것도 죄고, 죄를 지었으면 죗값을 받아야 하니, 부디 내 손 속이 너무 심하다고 원망은 하지 말거라!"

어울리지 않게 노회한 늙은이처럼 장황한 변설(辨說)을 늘어놓은 마의사내가 한손을 높이 쳐들었다.

대장간의 용광로에서 바로 꺼낸 쇳덩이처럼 이글거리는 열기를 발산하며 붉게 달아오른 손이었다.

순간적으로 강력한 양강진력(陽剛眞力)을 운기한 것이다.

설무백은 그것을 보자 마의사내의 정체를 알 수 있었다.

아니, 여전히 마의사내의 정체는 오리무중이었으나, 마의사내처럼 강력한 열양공을 익힌 사람을 하나뿐이라는 사실이 그의 뇌리에 떠올랐다.

바로 그가 오늘 산해관을 넘어서 관외로 나선 목적인 관외 쌍신의 한 사람, 태양신마 복양홍일이 바로 그였다.

태양신마 복양홍일은 이미 몇 해 전에 백수(白壽 : 99세)를 넘긴 고령의 노인이니 그의 핏줄이거나 제자일 가능성이 높았다.

"이제 알 것도 같네."

설무백은 무심결에 중얼거리며 재우쳐 물었다.

"태양신마 복양홍일, 복양 노선배와 어떤 관계지?"

무심결에 나온 설무백의 말에 높이 쳐들었던 손을 멈춘 마의 사내가 곧바로 이어진 질문을 듣고는 울지도 웃지도 못하겠다는 표정을 지었다. 그리고 혼잣말로 중얼거렸다.

"이거 뭐지? 놀리는 건가?"

설무백은 왠지 모르게 싸한 기분이 되었다.

그때 마의사내 뒤에 있다가 좌우로 나서 있던 마상의 사내들 중 우측의 거구가 설무백을 비웃었다.

"야, 이 멍청한 놈아! 뭘 좀 알고나 지껄여라! 이분이 바로 그분이신데, 무슨 관계를 따지고 지랄인 게냐!"

설무백은 한 방 맞은 기분에 사로잡혔다.

"네가……?"

대체 이게 무슨 괴사(怪事)라는 것일까?

아무리 봐도 고작 약관의 청년으로밖에 안 보이는 마의사내가 바로 백세를 넘긴 태양신마 복양홍일이라는 것이다.

"태양신마…… 복양 노 선배라고?"

설무백이 놀라서 절로 중얼거리는 사이, 마의사내가 굳어진 표정으로 고개를 돌려서 거구를 노려보며 눈치를 주었다.

"누가 끼어들랬어?"

거구의 사내가 찔끔하며 말을 더듬었다.

"아, 아니, 끼어든 것이 아니라……!"

"끼어든 것이 아니면?"

"저, 저놈이 감히 회주님을 몰라보기에 아, 알려 주려고 그만……!"

"그게 끼어드는 거다, 이 무식한 놈아! 그게 내 재미라는 거 몰라서 그랬냐, 이 버르장머리 없는 놈아?"

"죄, 죄송합니다, 회주! 죽을 지었습니다, 회주!"

마의사내가 나중에 보자는 식으로 두 눈을 부릅뜨며 움켜쥔 주먹을 들어 보였고, 거구의 사내가 찔끔해서 자라목을 했다.

설무백은 일련의 사태를 지켜보며 마의사내가 진짜로 태양신마 복양홍일 본인임을 확신하고 있었다.

마의사내가 선보인 절정의 양강진력과 수하들에게 회주라고 불리는 점이 그에게 그런 확신을 주었다.

그는 비록 직접 만나 본 적은 없지만, 태양신마 복양홍일이 열양공에 관한한 적수가 없다고 알려진 고수이며, 추종자들이 자청해서 조직한 일륜회(日輪會)의 회주라는 것을 알고 있었다.

바로 주안술이었다.

과거 천기칠살이라 불리는 마정의 칠대원로의 하나인 화혼

살이 주안술의 부작용으로 인해 백수(白壽 : 99세)를 내다보는 고령에도 불구하고 어린아이의 모습인 것을 그는 똑똑히 기억하고 있는 것이다.

'아니면 반로환동(返老還童)일 수도 있고⋯⋯!'

고도의 무공을 익혔다고 해서 모두가 다 그렇게 되는 것은 아니지만, 강호 무림의 선례에 따르면 절정에 달한 무인이 수련을 거듭하는 과정에서 이렇다하게 특정할 수 없는 특수한 상황을 거치게 되면 단번에 혹은 점진적으로 늙는 것을 되돌려 어린아이로 돌아간다고 하는데, 그게 바로 반로환동이었다.

그러나 지금 설무백에게 중요한 것은 그게 아니었다.

지금 중요한 것은 마의사내가 바로 관외쌍신의 하나인 태양신마 복양홍일이라는 사실이고, 더 나아가서 본의 아니게 그 복양홍일을 불쾌하게 하고 분노하게 만든 그에게 때마침 구원자가 나타났다는 사실이었다.

"하하⋯⋯!"

설무백은 우선 웃고 나서 슬쩍 손을 내밀었다.

약관으로 보이는 마의사내, 태양신마 복양홍일이 뭔가 하고 보았다.

설무백은 그 손을 움직여서 앞서 복양홍일 일행이 지나쳐온 뒤쪽을 가리켰다. 거기, 이미 검게 얼룩진 저 멀리서 한 무리의 인마 떼가 일진광풍처럼 눈발을 휘날리며 달려오고 있었다.

고개를 돌려서 그들을 쳐다보는 복양홍일의 눈썹이 꿈틀했다.

설무백은 그 상황에 부응해서 말했다.

"우리끼리 싸울 때가 아닌 것 같죠?"

설무백은 이미 상황을 명확하게 정리했다.

관외쌍신의 하나인 태양신마 복양홍일과 그 추종자들인 일 륜회의 고수들은 누군가와의 격전에서 패해서 도주하는 중이 었고, 결국 따라잡힌 것이다.

다만 선뜻 납득하기 어려웠던 것은 태양신마 등이 대체 무슨 연유로 흑수에서 넘어오고 있느냐는 거였다.

태양신마가 이끄는 일륜회의 본거지는 흑수가 아니라 흑산 이었고, 흑수는 바로 그와 같이 관외쌍신의 하나인 빙백신군 무인추상의 옥륜궁(玉輪宮)이 지배하는 땅인 까닭이었는데, 그마 저도 뒤따라 나타난 무리가 풍기는 기세를 보자 충분히 이해할 수 있었다.

마기였다.

지금 빠르게 다가오고 있는 무리는 마기를 풍기고 있었고, 그가 아는 전생의 기억에 따르면 관외쌍신은 당시의 흑자들이 암천의 그림자들이라고 명명한 자들에게, 바로 이제는 그가 명 확하게 아는 마교의 무리에게 당해서 죽었기 때문이다.

그때는 왜 모르고 지금은 어찌 아는가에 대한 의문은 더 이 상 설무백의 뇌리에 담겨 있지 않았다.

전생의 자신은 그 정도의 인물에 불과했고, 환생한 자신은

이 정도의 인물이라는 자각이 지금의 그에겐 있는 것이다.

그때 거구의 사내와 함께 태양신마의 옆에 말머리를 두고 있는 바싹 마른 체형의 중년 사내가 다급히 말했다.

"회주, 어서……!"

"쓰……!"

태양신마가 헛소리를 내서 마른 중년인의 말문을 막고는 사납게 두 눈을 부라리며 면박을 주었다.

"창피하게 그러지 좀 마라!"

마른 중년인이 찔끔해서 자라목을 했다.

태양신마가 끌끌 혀를 차고는 이내 설무백을 향해 의도된 듯 보이는 비웃음을 흘리며 물었다.

"쟤들이 누군지는 아나, 자네?"

설무백은 태연하게 대꾸했다.

"최소한 노 선배보다는 많이 알 겁니다."

태양신마가 자못 게슴츠레하게 뜬 눈으로 설무백을 보았다.

"내가 누군지조차 알아보지 못한 주제에?"

"그거야 피차 매일반이라고 이미 말씀드렸는데요? 노 선배님은 아직도 제가 누군지 전혀 모르시잖아요?"

"네가 나만큼이나 유명하다는 거냐?"

"중원에서는 제가 노 선배님보다 더 유명할 걸요, 아마?"

"네가 누군데?"

"제가 그걸 노 선배님에게 알려 드릴 이유는 없습니다. 저도 그걸 즐기는 편이거든요. 상대가 저를 알아보지 못하는 거요. 게다가 제 수하들은 노 선매님의 수하들과 달리 총명해서 절대 미리 발설하지 않지요."

"헛소리를 지껄여 놓고 대충 넘어가려는 거지, 너 지금?"

"누가 그러는데 대충은 벌레 중에 가장 나쁜 해충이라고 하더군요. 저도 그 말 듣고 대충 싫어해요. 노 선배님이 믿거나 말거나 제가 아는 바로는 그게 사실입니다. 그리고 까놓고 말해서 지금 시점에 노 선배님이 반로환동했다는 사실을 아는 중원인은 하나도 없을 겁니다. 있다면 내 손에 장을 지집니다."

"……"

태양신마가 이래저래 더 없이 궁색한 표정이다가 이내 벌컥 화를 냈다.

"너 말 잘한다? 지금 그게 어른을 대하는 올바른 태도냐? 감히 어디서 버르장머리 없이……!"

설무백은 더 듣지 않고 귀를 후비며 말했다.

"쟤들 거의 다 왔는데요?"

태양신마가 곱지 않는 눈초리로 설무백을 노려보면서도 이내 시선을 돌려서 확인했다.

과연 설무백의 말마따나 질풍노도처럼 질주해 온 인마 떼가 어느새 이십여 장까지 도달해 있었다.

사실 눈으로 확인할 필요도 없는 일이었다.

태양신마 정도 되는 고수라면 그저 기감만으로도 충분히 그들의 접근을 느낄 수 있을 테니까.

지근거리로 다가선 인마 떼를 보고도 별반 동요가 없는 그의 기색이 그것을 대변하는데, 그런 그가 거짓말처럼 싸늘해진 눈초리로 인마 떼를 노려보며 불쑥 말했다.

"유명교(幽冥教)라는 종파의 교도들이다. 방술(方術)과 사법(邪法)으로 유명한 배교(排教)의 후예일 것이 유력한 사교(邪教)의 추종자들이지."

그는 손을 들어서 인마 떼의 선두인 두 기마를 가리켰다.

"그중에서 저 두 놈이 자칭 유명교주(幽冥教主)를 곁에서 받들어 모신다는 팔열팔한지옥(八熱八寒地獄)의 주인들 중 둘이다. 우측의 염소수염이 등활지옥주(等活地獄主)라는 귀산(龜山)이고, 왼쪽의 땅딸보가 흑승지옥주(黑繩地獄主)라는 사미륵(邪彌勒)인데, 저놈들은 물론, 저놈들을 따르는 졸개들도 하나같이 사술과 기문괴공에 능한 고수들이다. 모르긴 해도, 내 예상으로는……!"

설무백은 장황하게 나열되는 태양신마의 부연을 한마디로 끊었다.

"압니다, 마교."

태양신마가 예리하게 변한 눈빛으로 설무백에게 바라보았다.

"그러네, 진짜. 내가 너를 모르네. 대체 너 정체가 뭐냐?"

설무백은 대답에 앞서 손을 쳐들어서 빠르게 쇄도해 오는 인마 떼를, 바로 마교의 무리를 가리켰다.

"지금 중요한 건 그게 아닌 것 같은데요?"

태양신마가 '끙' 하는 신음을 내고는 마교의 무리에게 시선을 돌렸다.

마침 그때 선두에서 말을 몰던 두 사람 중 등활지옥주 귀산이라는 염소수염의 노인이 질주하는 말의 속도도 성에 차지 않는지 안장에서 뛰어올라 번개처럼 달려오며 소리쳤다.

"꽁지가 빠지게 도망치더니, 고작 여기가 한계였냐? 태양신마라는 이름이 아깝다 이 생쥐 같은 놈아! 그 치욕스러운 목숨을 거두어 줄 테니, 어서 목이나 길게 늘여라!"

설무백은 힐끗 태양신마를 보았다.

태양신마가 불타는 눈빛으로 화살처럼 쏘아져 오는 염소수염의 노인 귀산을 노려보며 이를 갈았다.

"저놈은 내가 맡도록 하지!"

설무백은 재빨리 대꾸했다.

"저놈만이 아니라 저놈들 다 맡아야 하는 거 아닌가요?"

"저놈들을 나보다 더 잘 안다는 놈이 그따위 소리를 해? 죽기 싫으면 싸워!"

태양신마가 버럭 고함을 지르며 앞으로 나아갔다.

그런 그를 측근으로 보이는 마른 체구의 중년인이 다급히 막아섰다.

"회주, 저놈들은 선발대에 불과합니다! 그냥 자리를 피하시는 것이……! 에구구……!"

태양신마의 앞을 막아선 마른 체구의 중년인이 말을 하다가 말고 자지러지며 더 멀리 나가 떨어졌다.

태양신마가 발끈하며 거칠게 밀어 버린 까닭이었다.

"가림(加林) 너는 내 성질을 잘 알면서 그래? 내가 저 피 냄새 가득한 시러베자식 종자들을 뒤에 매달고 어떻게 산해관을 넘어 가!"

태양신마의 목소리는 벌써 저 앞에서 들리고 있었다.

가림이라는 마른 체구의 중년인에게 대꾸하기 무섭게 마상을 박차고 쏘아진 것이다.

가림도 서둘러 마상을 박차고 그런 태양신마의 뒤를 따라가며 소리쳤다.

"회주님을 보호해라!"

거구의 사내를 필두로 나머지 이십여 명의 사내들 모두가 기다렸다는 듯 마상을 벗어나며 태양신마의 뒤를 따라갔다.

공야무륵이 슬쩍 설무백을 쳐다보며 말했다.

"제법 의리는 있는 놈들이네요."

설무백은 픽 웃었다.

"그런 말은 하지 않아도 돼. 어차피 도와야 하니까."

공야무륵이 그 말을 기다렸다는 듯 히죽 웃으며 지근거리로 다가선 인마 떼를 향해 뚜벅뚜벅 나아갔다.

설무백은 느긋하게 그 뒤를 따라가며 검후를 향해 말했다.

"당신은 당신 마음대로 해. 나서고 싶으면 나서고, 나서고 싶지 않으면 나서지 말고. 아직은 손님에 가까우니까."

검후가 보란 듯이 팔짱을 끼며 대꾸했다.

"그냥 구경이나 할래요. 당신이 나서면 내가 나서나마나 별 반 차이가 없을 테니까요."

암중에서 요미가 윽박질렀다.

"얌체! 얌생이! 속 다르고 겉 다른 사악한 여우! 그런 핑계로 나나 오빠의 무공을 파악해 보려는 심산인 거지, 지금 너?"

검후가 이젠 요미의 되바라진 트집이나 질타가 적잖게 익숙해진 듯 그냥 고개를 끄덕이며 수긍했다.

"잘 아네. 네가 보는 내가 어련하겠니. 당연히 그런 거지."

"……!"

설무백은 슬쩍 옆으로 손을 내밀었다.

그 손에 검후를 노려보며 씨근거리는 요미의 뒷덜미가 잡혔다.

순간적으로 검후를 향해 돌아선 요미를 그가 잡은 것이다.

"적은 저쪽!"

설무백은 요미를 들어서 전방을 향해 돌려놓았다.

마침 태양신마와 달리는 마상에서 벗어나서 말보다 빨리 쇄도하고 있던 귀산이 정면으로 격돌하고 있었다.

꽝-!

엄청난 폭음이 터졌다.

주변의 공기가 우렁우렁 우는 가운데, 뒤집어진 땅거죽이 하늘 높이 치솟고, 조각난 강기의 파편이 사방으로 비산했다.

요미가 순간적으로 사라져서 그의 손을 빠져나갔다.

먼저 적진을 향해 나아간 것이다.

설무백은 웃는 낯으로 그 뒤를 따라서 움직였다.

찰나지간에 펼친 신법으로 태양신마와 귀산이 격돌한 여파로 진동하는 장내를 피해서 돌아간 그의 신형이 뒤쪽의 무리를 이끌고 있던 흑승지옥주 사미륵이라는 땅딸보 사내를 덮치고 있었다.

늦게 움직인 그가 앞서 나선 요미를 추월한 것이다.

"뭐, 뭐야, 이놈!"

느닷없이 눈앞에 나타난 설무백에게 놀란 사미륵이 부지불식간에 마상을 벗어나서 뒤로 물러났다.

설무백의 발아래로 사미륵의 말이 지나갔다.

그대로 새처럼 날아서 사미륵을 따라가는 것이었다.

"헉!"

사미륵이 절로 헛바람을 삼키며 거듭 뒤로 후퇴했다.

발을 디딜 수 없는 그 어떤 것도 없는 허공에서 연거푸 물러나는 것임에도 마치 뒤에서 누가 잡아당긴 것처럼 빠르게 물러나는 모습이었다.

그렇지만 설무백과 그의 거리는 조금도 멀어지지 않았다.

그가 멀어지는 것만큼 설무백이 따라가고 있었기 때문이다.

그러던 한순간 사미륵의 표정이 변했다.

당최 지금 자신이 왜 무작정 피하고 물러나는 것인지 모르겠다는 표정이었다. 그와 동시에 그는 칼을 뽑으며 반전했다.

한순간의 기습에 놀라서 피하긴 했으나, 이제 더는 피하고 물러날 이유가 없다고 판단한 것이다.

"죽어!"

살기에 넘친 외침이 발해지고, 그의 손에서 빠르게 휘둘러진 칼이 수십 아니, 수백의 칼 그림자를 만들어 냈다.

한 동작으로 보이지만 무수한 동작이 연결된 칼질이었다.

지금 허공에 무수히 떠오른 칼 그림자 하나하나가 강철도 두부처럼 가르는 도기의 결정체임은 두말할 나위도 없었다.

그러나 설무백은 그걸 알면서도 피하지 않고 그냥 다가섰다.

완전한 무시였다.

순간!

채채챙-!

거친 쇳소리가 요란하게 울리며 설무백의 전신에서 새파란 불꽃이 튀었다.

칼 그림자로 보이는 사미륵의 도기가 설무백의 몸과 한 치 앞에서 유리처럼 깨져 나가며 일어나는 불꽃이었다.

사미륵의 두 눈이 경악과 불신으로 크게 떠졌다.

"고작 호신강기로 내 도기를⋯⋯?"

그랬다.

설무백은 호신강기로 사미륵의 도기를 막아 냈다.

아니, 막아 내며 여전히 멈추지 않고 사미륵에게 다가서고 있었다.

"헉!"

사미륵은 반사적으로 물러났다.

설무백은 아무렇지도 않게 다가서며 손을 내밀었다.

그저 단순하게 혹은 그냥 막무가내로 사미륵의 가슴을 한 대 치려는 동작으로 보였다.

"익!"

사미륵은 거듭 물러나며 사력을 다해서 칼을 휘둘렀다.

앞으로 내밀어지는 설무백의 손목을 전광석화처럼 빠르게 베어 가는 칼질이었다.

설무백은 뻗어 내던 손을 당겨서 사미륵의 칼질을 피했다. 그리고 다시 한걸음 다가서며 같은 방법으로 손을 내밀었다.

앞서보다 조금 더 빨라진 손 속이었으나, 사미륵은 그걸 알 수 없었다.

그저 다시금 전력을 다해서 칼을 휘두를 뿐이었다.

설무백은 또 다시 손을 당겨서 칼질을 피했고, 역시나 다시금 손을 내밀어서 사미륵의 가슴을 치려고 했다.

"익!"

사미륵은 어쩔 수 없이 연거푸 물러나는 와중에 이를 악물며 사력을 다해서 재차 칼을 휘둘렀다.

하지만 소용없었다.

설무백은 손은 흡사 실체하지 않는 환상처럼 그의 눈에 보이지 않는 속도로 물러났다가 다시금 뻗어지고 있었다.

사미륵은 그렇듯 계속 물러나며 연거푸 칼질을 했고, 설무백은 그 칼질을 아무렇지도 않게 피하며 점점 더 빠르게 손을 내밀기를 반복했다.

대체 그와 같은 공격과 회피가 몇 번이나 반복되었을까?

"……!"

한순간 사미륵이 물러나던 발길도, 휘두르던 칼질도 멈추었다.

순간, 그의 가슴을 타격할 것처럼 빠르게 뻗어지던 설무백의 손길도 같이 멈추어졌다.

사미륵의 가슴을 치기는커녕 한 치 앞에서 정지한 모습이었다.

사미륵이 그걸 확인하더니, 망연자실한 표정으로 설무백을 바라보며 말을 더듬었다.

"나, 나를…… 내, 내 무공의 수위를 시험했다는 거냐?"

"보기보다 눈치가 없네?"

설무백은 대수롭지 않게 사실을 인정하는 말을 하고는 재우쳐 물었다.

"유명교주를 곁에서 보필하는 팔열팔한지옥의 주인 중 하나라지? 그래서 너는 유명교의 서열 몇 위냐?"

사미륵은 그저 멍하니 설무백을 바라볼 뿐 아무런 대응을 하지 않았다.

아니, 하지 않는 것이 아니라 하지 못하고 있는 것이었다.

경악과 불신의 충격이 그의 이지를 잠시 멈추게 만들어 버린 결과였다.

애인이지 늙은이인지도 모를 애송이에게 마치 장난감처럼 놀림을 당하고 있는 자신의 처지가 그는 진정 현실로 느껴지지 않는 것이다.

설무백은 그런 사미특의 상태를 직감하며 작위적인 찡그림을 드러낸 채 신랄한 비웃음을 더했다.

"겁먹었나? 아까 달려오던 모습은 천신이라도 잡아 족칠 것 같더니만, 막상 당하니 쥐새끼처럼 도망칠 생각밖에 안 드는 거야? 유명교의 팔열팔한 지옥주들은 고작 이 정도라 이거지?"

사미특의 창백한 얼굴에 열기가 일어났다.

동공이 풀린 것처럼 보이던 두 눈에도 빛이 들어왔다.

용암처럼 비등한 심중의 분노로 인해 정신을 차린 모습, 조롱과 비난이라는 설무백의 도발이 통한 것이다.

그러나 결과는 실망스러웠다.

"죽어!"

사미특이 발작적으로 외치며 칼을 휘둘렀다.

잔뜩 악에 받치면 무언가 입바른 소리 한마디 정도라도 내뱉을 것이라고 생각한 설무백의 기대가 속절없이 무산되는 순간이었다.

다만 사미륵의 칼은 느닷없이 전광석화처럼 빠르게 휘둘러져서 서릿발 같은 냉광을 뿌렸음에도 불구하고 설무백을 베지 못했다.

사르륵-!

설무백의 신형이 사미륵의 칼날이 뿌리는 냉광에 베어지는 순간에 아지랑이처럼 혹은 허깨비처럼 순간적으로 희미해지며 사라졌다.

동시에 사미륵의 뒤에서 설무백의 모습을 나타났다.

기본적으로 사람의 시선을 벗어나는 사각을 이용한다는 점은 차치하고, 아무런 사전 동작도 없이 가공할 정도의 속도로 이동해서 결코 사람의 시선으로는 따라갈 수 없는 사술과도 같은 보법이 펼쳐진 것이다.

낭왕의 절대 신법인 천화뇌전신에 야신 매요광의 필생 절기인 야무영과 무상신보의 장점만을 융합해서 서너 장의 공간을 순간적으로 가로지르는 보법, 일명 뇌영보(雷影步)라 명명한 뇌전무영신보(雷電無影神步)였다.

사미륵이 일순 멍청해졌다.

호리정(狐狸精 : 여우 귀신)에 홀려서 넋을 빼앗긴 사람처럼 보였다. 그로서는 상상도 하지 못할 일이 다시금 눈앞에서 벌어졌기 때문이다.

제아무리 절정 고수라고 해도 자신의 눈앞에서 이렇듯 거짓말처럼 사라진다는 것은, 그것도 두 눈을 부릅뜨고 바라보는 동안에서 그럴 수 있다는 것은 단 한 번도 생각해 본 적이 없던 그였기 때문이다.

"……설령 교주라고 해도……!"

사미륵은 불신의 늪에 빠진 허덕이는 와중에 눈앞에서 사라진 설무백의 기척을 느끼며 본능처럼 돌아섰다.

과연 거기 설무백이 있었다.

"믿을 수 없다!"

사미륵은 발작적으로 외치며 다시금 사력을 다해서 수중의 칼을 쳐들었다.

하지만 그의 칼은 높이 쳐들렸을 뿐, 휘둘러지지 않았다.

어느새 내밀어진 설무백의 손이 칼이 손잡이를 잡고 있는 그의 손목을 잡아챘기 때문이다.

"익!"

사미륵은 반사적으로 손목을 비틀고 당기며 물러났다. 아니, 물러나려 했다. 하지만 소용없었다.

손목이 마치 거대한 족쇄에 묶인 것처럼 꼼짝도 하지 않는 바람에 그는 엉거주춤 하체만 뒤로 빠지는 우스꽝스러운 모습만 연출해 버렸다.

"헉!"

사미륵은 너무 당황한 나머지 절로 헛바람을 삼키는 와중에도 새삼 현실을 부정하며 용을 썼다.

자신을 적수공권(赤手空拳)으로 제압할 수 있는 존재가 있다는 사실을 그는 끝내 믿고 싶지 않았다.

이건 꿈이었다.

절대 현실일 수 없었다.

설무백의 다른 한 손이 그 순간에 그의 턱밑으로 파고들며 목을 움켜잡는 것으로 현실을 일깨워 주었다.

"킥!"

숨이 막히는 고통이 사미륵을 현실로 돌려놓았다.

설무백은 그런 사미륵의 상태와 무관하게 무심히 손을 쳐들 었다.

사미륵이 허공으로 떠서 대번에 검게 죽어 가는 얼굴로 바동 거렸다.

자존심이고 뭐고 간에 수중의 칼까지 내던진 채 설무백의 손 목에 매달려서 발버둥을 쳤으나, 요지부동이었다.

그저 자신이 온몸을 거미줄처럼 휘감는 압도적인 살기 속에 서 서서히 지옥 문턱을 넘어가고 있다는 기분만이 강렬하게 느 껴질 뿐이었다.

"이, 이……!"

사미륵은 와중에 불현 듯이 설무백의 질문을 떠올리고는 지 푸라기라도 잡는 심정으로 말을 더듬었다.

"……이십……칠 위…… 내 서, 서열……!"

설무백은 그제야 압도적으로 사미륵을 핍박하던 살기를 거 두며 픽 하고 웃었다.

"그래, 알았다."

사미륵은 숨통이 틱는 것을 느끼며 안도했다.

그때였다.

설무백의 손에서 느닷없이 무지막지한 기운이 일어나며 다시금 사미륵의 숨통을 조이고 있었다.

"크으……!"

사미륵은 절로 억눌린 신음을 흘리며 설무백을 바라보았다.

그렇지만 그는 설무백의 얼굴을 볼 수가 없었다.

그의 시야가 이미 짙게 흐려진 까닭인데, 그 순간 더욱 상상하지 못할 사태가 벌어졌다.

무언가 섬뜩한 느낌을 주는 기운이 목을 움켜잡은 설무백의 손에서부터 내부로 침습하는 것이 느껴지더니 어처구니없게도 이내 진기, 내공이 무서운 속도로 빨려 나가기 시작한 것이다.

"……!"

사미륵은 안 된다고, 그만두라 소리치고 싶었고, 악을 쓰고 싶었으나, 전혀 그럴 수가 없었다.

자신의 내공이 빠르게 빠져나가는 기분은 마치 움직일 수도 없고, 움직이지 않을 수도 없는 절정의 순간처럼 그의 전신은 물론 뇌리까지 마비시켜 버렸기 때문이다.

다만 마비까지는 아니었지만, 놀라고 당황해서 머릿속이 하얗게 변하는 것은 정작 사미륵의 내공을 빨아들이고 있는 설무백도 다르지 않았다.

그랬다.

작금의 사태는 설무백이 의도가 아니었다.

과거의 그날처럼, 바로 모용상린의 경우처럼 저절로 일어난 현상이었다.

사미륵의 목을 움켜잡은 그의 손에 응집된 기력인 무극신화수가 지난날의 그때처럼 느닷없이 치솟은 천마검의 기운에 소멸되었다.

그리고 역시나 그날의 경우처럼 천마검의 기운은 오뉴월의 눈처럼 녹으며 사미륵의 체내로 침습해 들어가서 무지막지한 힘으로 내공을 빨아들이기 시작했다.

설무백의 의지와 무관하게 발현된, 그래서 그의 의지로 멈출 수 없는 흡정흡기신공의 발현이었다.

'빌어먹을……!'

설무백은 내심 화가 나서 욕설이 절로 나왔다.

그게 옳은 것이든 옳지 않은 것이든 간에 그 자신이 원하지 않는 행위가 일어난다는 것은, 그리고 통제할 수 없다는 것은 그리 기분 좋은 일이 아니었다.

그러나 모든 것이 전과 같았다.

천마검이 일어나고 흡정흡기신공이 발현되며 사미륵의 내공을 빨아들이기 시작한 순간부터 사력을 다해서 거부했으나, 전혀 통제가 되지 않았다.

과거의 그날의 그때처럼 마치 높은 곳의 물이 낮은 곳으로 흐르듯이 막으려고 해도 막을 수가 없었다.

사미륵의 목에서 강제로 손을 떼려고 했지만, 역시나 그것도 불가능했다.

천마검의 기운은 이미 섬세한 수만 개의 실처럼 갈라진 형태로 사미륵의 전신으로 퍼져 나가서 임독양맥은 물론 사지백해를 장악한 상태였다.

모용상린의 경우처럼 그가 강제로 천마검을 잡아 뽑는다면 사미륵의 육신이 천 갈래 만 갈래로 찢겨 나가는 것은 물론, 그의 몸에도 막대한 불협화음을 일으킬 것이 자명했다.

결국 설무백의 선택한 오직 하나뿐이었다.

과거 그날의 모용상린의 경우처럼 천마검의 권능에 순응해야 하는 것이다.

설무백은 경악과 불신에 찬 눈빛으로 바라보는 사미륵의 시선을 마주한 채로 묵묵히 그렇게 했다.

사미륵은 과거 모용상린이 그랬던 것처럼 그렇게 그의 시선을 마주한 채로 서서히 꺼져 가는 숯불처럼 식어 갔고, 마른 장작처럼 바싹 말라서 껍데기만 남아 버린 상태로 죽어 버렸다.

"젠장!"

설무백은 어쩔 수없이 께름칙한 아니, 그보다 더 심한 아주 더러운 기분 속에서 절로 욕설을 뱉어 내며 껍데기로 변한 사미륵의 주검을 손에서 털어 냈다.

과거 그날에도 그랬지만 지금 역시도 두 번 다시 경험하고 싫지 않은 기분이었다.

면전에서 멀쩡한 사람이 말라죽어 가는 모습을 저켜본다는 것은 그간 실로 다양한 방법으로 숱한 사람의 목숨을 취한 그로서도 진정 말로 이루다 설명하기 어려울 정도로 역겨운 일이었다.

"그나저나……."

설무백은 애써 마음을 다잡으며 자신의 왼손을 살펴보았다.

본래의 기운으로 돌아간 천마검은 방금 전에 무슨 일이 있었냐는 듯 안정된 모습으로 그의 손에서 잠들어 있었다.

팔뚝에 이전의 모습 그대로 아니, 이전의 느낌 그대로 천마검의 기운과 자신의 내공을 단절하는 경계가 그어져 있다는 것도 느껴졌다.

"이놈을 통제하려면 대체 얼마의 내공이 필요하다는 거지?"

설무백은 절로 탄식하며 한숨을 내쉬었다.

지금 그의 내공은 가히 고금 제일이라고 해도 무방할 정도였다.

그런데도 그는 손목에 스민 천마검의 기운을 전혀 통제하지 못하고 있으니, 절로 탄식이 나올 정도로 걱정스럽지 않을 수 없었다.

그때 누군가 말했다.

"나는 괜찮아. 오빠가 펼치는 무공이면 그게 어떤 무공이라도 나름의 내력이 있을 뿐, 나쁜 무공은 아닐 테니까."

요미였다.

싸움을 하는 와중에도 그녀는 그의 곁에서 멀리 떨어지지 않았고, 그 바람에 그의 손에서 펼쳐진 흡정흡기신공을 정확히 목도한 것이다.

"그래, 고맙다."

설무백은 그제야 한순간 깊게 빠졌던 상념에서 벗어나서 대답하며 그녀에게 빙그레 웃어 주고는 장내를 둘러보았다.

싸움은 아직 끝나지 않았다.

수십 명의 사내들이 적아를 구분하기 어렵도록 한데 뒤엉켜 난전을 벌이는 곳에 공야무륵과 백영, 흑영이 보였다.

설무백은 절로 고개를 갸웃했다.

아무리 봐도 그들과 어울리지 않는 싸움이라 이상했던 것인데, 이내 그는 그 이유를 깨달을 수 있었다.

공야무륵과 흑영, 백영은 딱히 정해진 상대 없이 싸움판을 누비며 아군을, 정확히는 태양신마를 추종하는 세력인 일륜회의 사내들을 돕는 중이었다.

그 이유는 이십여 명이었던 일륜회의 사내들이 이제 고작 예닐곱 명밖에 남지 않았다는 것에서 쉽게 짐작할 수 있었다.

일륜회의 사내들은 수적으로만이 아니라 실력적으로도 유명 교도들에 비해 열세였던 것이다.

설무백이 장내의 상황을 보고 이미 짐작한 그것을 요미가 투덜거림으로 굳이 알려 주었다.

"애들이 약해. 돕지 않았으면 다 죽었을 거야."

설무백은 그저 그러려니 하며 잠시 전장의 싸움을 살피다가 이내 곧게 뻗어 낸 집게손가락, 검지를 들어서 정신없이 싸우고 있는 유명교도를 가리켰다.

단지 그것뿐이었다. 그 순간, 아무런 기척도 없이 그의 손가락에서 뻗어 나간 한줄기 검은 기류가 유명교도 하나의 이마를 관통했다.

천기혼원공에 기반한 지공인 무극지였다.

퍽-!

물 풍선이 터진 것 같은 소음이 터지고, 이마에 붉은 점 하나를 새긴 유명교도가 속절없이 쓰러졌다.

그 유명교도를 상대하던 일륜회의 사내는 뭐가 어떻게 된 건지 몰라서 어리둥절한 모습으로 주변을 두리번거리고 있었다.

설무백은 조금도 아랑곳없이 재차 손가락을 들어서 새로운 유명교도를 가리켰다.

퍽-!

다시 또 미약한 소음이 터지고, 여지없이 유명교도 하나가 이마에 붉은 점을 새기며 쓰러졌다.

그 상대 역시 어리둥절한 모습이었다.

제법 빠른 속도로 그렇게 같은 일이 연속해서 여덟 번이나 반복되었다.

설무백은 여덟 번의 무극지를 펼쳤고, 그에 따라 여덟 명의 유명교도가 여지없이 유명을 달리한 것이다.

치열하던 격전이 그렇게 끝났다.

무백의 여덟 번째 무극지로 여덟 번째 유명교도를 쓰러트림과 동시에 싸움이 끝나 버렸다.

설무백이 노리지 않은 자들은 어디서 날아올지 모를 죽음의 손길을 두려워하며 연신 주변을 경계하다가 정작 싸우던 상대의 공격을 제대로 막지 못하고 죽어 버린 결과였다.

요미가 그걸 보고 말했다.

"와, 대개 비겁하다!"

그리고 덧붙였다.

"엄청 멋져!"

설무백은 애써 그녀를 외면하며 싸움이 벌어지던 전장과 조금 떨어진 수풀 지역에서 격돌하고 있는 두 사람, 태양신마와 등활지옥주라는 염소수염의 노인 귀산에게 시선을 돌렸다.

마침 그들의 싸움도 끝을 맺었다.

이전의 상황이 어떻게 진행되었는지는 모르겠으나, 한쪽 어깨에 길쭉한 장검 하나를 꽂은 태양신마가 전신이 시뻘건 불덩어리로 변한 상태로 귀산에 올라탄 채 두 손으로 귀산의 머리를 무처럼 잡아 뽑으려는 중이었는데, 무지막지하고 무자비하다 못해 무식한 그 공격이 통했다.

귀산의 머리가 무처럼 뽑혀져 버린 것이다.

비명은 없었다.

섬뜩한 소음과 함께 귀산의 머리가 몸에서 떨어져 나오며 불덩이로 변했을 뿐이었다.

　태양신마의 전신이 불덩이로 타오르고 있어서 뽑혀진 귀산의 머리도 절로 불이 붙어 버린 것이다.

　태양신마는 불길이 사그라지긴 했으나, 여전히 불덩어리처럼 전신이 뜨겁게 이글거리는 모습 그대로 불이 붙어서 타오르는 귀산의 머리를 한손에 든 채 뚜벅뚜벅 설무백에게 다가오며 물었다.

　"대체 넌 누구냐?"

영웅본색英雄本色 (3)

태양신마의 질문은 앞서 했던 질문과 같으면서도 달랐다.

질문의 내용은 같지만, 그 속에는 전혀 다른 의도와 적개심을 내포하고 있었다.

설무백은 그걸 잘 알아보았으면서도 대수롭지 않게 대꾸했다.

"진정부터 하죠? 그러다 알몸 되겠어요?"

태양신마가 걸친 의복은 검은 빛깔의 비단옷으로 보였는데, 실은 전혀 다른 재질인 모양이었다.

극도의 열영신공을 운기해서 불덩이처럼 이글거리는 열기에도 재로 변하기는커녕 비교적 멀쩡한 형태를 유지하고 있었다.

다만 말 그대로 비교적 멀쩡한 형태를 유지하고 있을 뿐이지 완전한 형태를 유지하고 있지는 않았다.

열기에 엄청 강한 재질로 보이긴 하나, 이미 부분적으로 타서 낡은 것처럼 헐거워진 부분이 적지 않았다.

그래서 이대로 조금만 더 시간이 지나면 더는 견디지 못하고 떨어져 나가서 태양신마의 알몸이 그대로 노출될 것만 같이 아슬아슬해 보이는 상태였다.

태양신마가 고개를 숙여서 그와 같은 자신의 모습을 확인하더니, 이내 고개를 들고 설무백을 바라보며 헛웃음을 흘렸다.

"넌 정말 내가 전혀 두렵지 않은 모양이구나. 아까 나를 대하는 태도가 전혀 가식이 아니었어, 그렇지?"

설무백은 태연하게 되물었다.

"두려워해야 하나요?"

태양신마가 침묵한 채 찬찬히 설무백을 뜯어보다가 이내 불타고 있는 괴산의 머리를 저만치 던져 버리며 대답했다.

"뭐, 굳이 그럴 필요가 없긴 하지."

괴산의 머리를 내던짐과 동시에 불덩이 같던 태양신마의 전신도 급격히 식었다.

내공을 거둔 것이다.

설무백은 특유의 미온한 미소를 입가에 드리운 채 장내를 둘러보며 말했다.

"피해가 적지 않긴 하지만, 제법 빠른 시간에 제압해서 저들의 후발대가 도착하기까지는 약간의 여유는 있을 것 같네요. 그래서 하는 말인데, 그냥 갈 길 가실래요? 아니면 저와 잠시 얘기 좀 나누실래요?"

태양신마가 그의 시선을 따라서 장내를 둘러보았다.

초췌해진 모습의 여섯 사내와 심드렁해 보일 정도로 무덤덤한 세 사내가 피 냄새가 진동하는 장내를 벗어나서 그들에게 오고 있었다.

전자는 일륜회의 사내들이었고, 후자는 설무백의 수하들이었다.

참으로 처참한 결과였다.

적을 섬멸하긴 했지만, 이번 싸움으로 일륜회의 사내들은 무려 열일곱 명의 죽음이라는 대가를 치른 것이다.

그에 반해 설무백의 수하들은 단 한 명도 죽지 않았다.

죽기는커녕 눈에 띄게 다친 사람 다친 사람 하나 없이 다들 멀쩡했다.

'하물며……!'

설무백의 수하들이 적극적으로 그의 수하들을 도왔다.

비록 괴산과 치열한 격전을 치르느라 나서지는 못했어도 틈틈이 그들의 전장을 살펴본 태양신마였기에 그것을 익히 잘 알고 있었다.

설무백의 수하들은 하나같이 비범하게 날랬다.

하다못해 여자들도, 바로 내내 설무백의 곁을 맴돌며 싸운 요사스러운 눈빛의 소녀와 뒤늦게 전장으로 뛰어들어서 자신의 수하들을 도운 백의여인조차 발군이었다.

요컨대 설무백의 수하들이 돕지 않았다면 자신의 수하들이 과연 몇이나 살아남았을지 장담할 수 없을 정도인 것이다.

다만 그럼에도 불구하고 그가 싸움을 끝내기 무섭게 설무백에게 적개심을 드러낸 것은 와중에 목도한 흡정흡기신공 때문이었다.

그건 분명 마공이었고, 실제로 설무백이 흡정흡기신공을 펼치는 사이에 그는 미세하나마 유명교도들의 그것과 유사한 마기를 감지했다.

태양신마가 마음을 추스른 지금에 와서도 여전히 설무백의 제안을 선뜻 수용하지 못하고 머뭇거리며 생각만 많아지는 이유가 바로 그 때문인 것이다.

그런데 그때 설무백이 그런 그의 깊숙한 속내를 읽은 것처럼 재우쳐 물었다.

"조금 전 제가 사미륵을 죽인 흡정흡기술(吸精吸氣術)이 마공이라고 생각해서 불편하십니까?"

태양신마가 잠시 여유를 두었다가 불쑥 물었다.

"묵비사염(墨悲絲染)이라는 말 들어 봤나?"

설무백은 비록 대과를 준비한 적은 없으나, 제법 많은 서책을 읽었다.

그래서 지금 태양신마가 질문한 말이 무슨 뜻인지도 알았고, 또한 그래서 태양신마가 왜 이런 말을 하는 것인지도 능히 짐작할 수 있었으나, 굳이 대답을 회피하지는 않았다.

"예전에 묵가(墨家)를 창시한 성현 묵자(墨子)가 실이 푸른 물감에 담그면 푸른 빛깔이 되고, 누런 물감에 담그면 누런 빛깔이 되는 것을 보고 슬퍼했다는 것을 전하는 고사로 알고 있습니다."

태양신마가 곧바로 말을 받았다.

"아는구나. 지금 내가 그 생각이 들어서 그렇다. 물감의 차이에 따라 빛깔이 결정되는 실처럼 사람 또한 타고난 성품도 환경에 따라 착하게도, 악하게도 변하기 마련이니까."

설무백은 픽 웃으며 말했다.

"언제 시문(時文)을 공부한 적이 있으십니까? 내가 뻔히 노 선배 성격을 다 알고 있는데, 무슨 책상물림처럼 말을 그렇게 돌려서 하고 그래요? 그냥 네가 펼친 무공이 마공이라 너도 의심스럽다고 하면 되지."

태양신마가 애써 머쓱한 표정을 감추며 윽박질렀다.

"내 딴에는 예의를 지키는 거다! 명색이 수하들의 목숨을 구해 준 너를 마구 몰아붙일 수는 없잖아!"

설무백은 이제야 태양신마의 투박한 성의를 이해하며 내심 고소를 금치 못했다.

생전 누구를 배려한 적이 없는 사람이 배려를 하려니까 전에 하지 않던 말과 행동이 나왔던 것이다.

덕분에 태양신마에게 호감이 생긴 설무백은 빙그레 웃으며 같은 방식으로 대답해 주었다.

"푸른 빛깔이든 누런 빛깔이든 그래 봤자 꿰매고 기고 잇는데 사용하는 실이라는 건 절대 변하지 않습니다."

태양신마가 고개를 저으며 반박했다.

"그래도 푸른 빛깔의 실은 푸른 천에 쓰는 게 옳고, 누런 빛깔의 실을 누런 천에 쓰는 게 옳지."

설무백은 웃는 낯으로 반문했다.

"그 옳고 그름은 누가 정하는 겁니까?"

태양신마가 의도치 않은 질문에 말문이 막힌 표정으로 머뭇거렸다.

설무백은 대답을 기다리지 않고 계속 말했다.

"실이 아니라 사람이 정합니다. 저는 사람입니다."

골치 아픈 표정으로 머뭇거리던 태양신마가 사람이라는 말을 듣자 무언가 떠오르는 것이 있는지 반색하며 대답했다.

"상대의 정기와 진기를 빨아먹는 흡정마공은 쉽게 내공을 얻을 수 있는 대신 인성이 붕괴되는 부작용을 안고 있다는 것이 강호 무림의 정론이다. 결국 자신이 흡수한 힘을 이기지 못해서 자멸하고 마는 것이지."

설무백은 답답하다는 표정으로 말했다.

"아, 정말 듣던 거와 달리 말이 참 많으시네. 그래서 지금 제가 인성이 붕괴된 것으로 보입니까?"

"그거야 지금은 몰라도 나중에……!"

"그래요, 나중에. 나중에 인성이 붕괴돼서 자멸하건 말건 지금은 전혀 아니라고요."

태양신마가 그런 것 같기도 하고 아닌 것 같기도 하다는 듯 잠시 눈을 멀뚱거리며 뜸을 들였다.

그때 곁으로 다가온 거구의 사내가 태양신마에게 고개를 기울이며 귀엣말로 소곤거렸다.

"저 말은 맞는 말입니다."

설무백이 지금 나선 거구의 사내가 앞서 그들 사이에 끼어들었다가 면박을 당한 그 거구의 사내라는 것을 알아보는 순간, 동시에 태양신마가 벌컥 화를 냈다.

"네 눈깔에는 지금 내가 그걸 몰라서 이러고 있는 바보 멍청이로 보이는 거지? 그렇지?"

"서, 설마요……!"

거구의 사내가 재빨리 자라목을 하며 물러났다.

태양신마가 그런 거구의 사내를 앞서처럼 나중에 두고 보자는 식으로 매섭게 노려보고는 이내 어색한 표정으로 헛기침을 하며 자리에 털썩 앉았다.

"큼, 무슨 할 얘기가 있는지는 모르겠다만 굳이 자리를 옮길 필요까지 뭐 있겠냐. 그냥 여기서 하자."

"저야 좋죠."

설무백은 즉시 수긍하며 자리를 잡고 앉았다. 그리고 본래의 성격대로 이런저런 눈치를 보지 않고 노골적으로 본론을 꺼냈다.

"사실 저는 흑수를 거쳐 흑산으로 가려던 참이었습니다. 그 이유는 흑수의 옥륜궁에 들러서 빙백신군 희산월, 희 노 선배를 만나 뵙고, 흑산의 일륜회로 가서는 바로 노 선배를 만나 뵙고 모종의 논의를 듣기 위함이었죠."

태양신마의 눈이 커졌다.

설무백이 관외로 들어서서 흑수와 흑산을 방문하려는 목적이 바로 빙백신군과 더불어 그를 만나기 위함이라는 사실을 듣자 적잖게 놀란 것이다.

설무백은 그게 아랑곳하지 않고 재우쳐 말했다.

"그래서 우선 묻는 겁니다만, 흑산에 계셔야 할 노 선배께서 대체 무슨 연유로 흑수에 있다가 이리 마교의 잔당에게 쫓기는 신세가 되었던 겁니까?"

태양신마가 긴 한숨부터 내쉬고 대답했다.

"어째 점점 더 네 입에서 어떤 예기치 못한 얘기가 나올까 두렵구나. 아무려나, 나도 네게 먼저 한마디 해 주마. 이제 너는 흑산은 차치하고, 흑수도 가 볼 필요가 없게 되었다."

설무백은 어느 정도 짐작하는 바가 있었으나, 그래도 묻지 않을 수 없었다.

"어째서 그렇습니까?"

태양신마가 대답 대신 슬쩍 뒤에 시립해 있는 거구의 사내와 대나무처럼 바싹 마른 사내에게 시선을 주었다.

거구의 사내와 대나무처럼 바싹 마른 사내가 서둘러 저편 구석으로 가더니 싸움을 목전에 둔 상황에서도 안전하게 한쪽에 세워 둔 말들에게 가서 각기 한 구씩, 두 구의 시체를 들고 와서 조심스럽게 바닥에 내려놓았다.

노인과 노파의 주검이었다.

생명이 사라진 시체임에도 생전에 가졌던 위상을 대변하듯 범상치 않은 느낌을 들게 하는 주검들이었는데, 과연 그랬다.

태양신마가 슬프도록 애달픈 눈빛으로 그들을 바라보며 그것을 알려 주었다.

"흑수에서 네가 만나려던 녀석과 그 처다. 늘 입버릇처럼 반로환동은 내가 먼저 했어도 자기가 더 오래 살 거라고 하더니만, 머저리 같은 놈이 그 말 하나 제대로 지키지 못하고 먼저 가 버렸지. 내게 여차저차 뒤늦게 놈들의 손에서 빼내서 중원에 산다는 저들의 딸내미에게 전하려고 가는 중이었다."

설무백은 무식하다는 소리를 들을 정도로 불처럼 단순하고 과격한 성격의 소유자인 태양신마가 꽁지 빠진 생쥐라는 소리를 들으면서까지 도망치고 있던 이유를 이제야 알 수 있었다.

그리고 또 알게 되었다.

왜 그와 같은 사실이 밖으로 알려지지 않은 것인지는 모르겠지만, 숙적이라고 알려진 관외쌍신은 사실 그들만의 우정을 나누는 벗이었고, 그들을 연적으로 만든 관외제일미, 관외옥녀는 결국 빙백신군 무인추상과 백년가약을 맺고 행복하게 살고 있었던 것이다.

"아무튼, 이제 보니 여기서 이렇게 나와 저 녀석을 만나려고 관외로 넘어온 너를 만난 것도 참으로 운명이라는 생각이 드는군. 해서, 하는 말인데 내친김에 부탁 하나만 하자. 문인 가의 직계들은 차치하고, 이들만이라도 네가 중원으로 데리고 가서 거기 산다는 여식에서 전해 주면 안 되겠나?"

설무백이 뭐라고 대꾸하기도 전에 태양신마가 진지한 태도로 부연했다.

"그렇게만 해 준다면 네가 나를 만나서 하려던 말이 무엇이든지 간에 다 들어주도록 하마!"

갑자기 상황이 이상하게 돌아가고 있었다.

무언가 그들의 상황이 역전된 것 같은 기분이었다.

"그야 어려운 일이 아닙니다만……."

설무백은 승낙이나 거절에 앞서 태양신마가 왜 자신에게 이런 부탁을 하는지를 능히 짐작할 수 있어서 물었다.

"왜죠?"

"그야 당연히 놈들의 목을 따기 위해서지."

태양신마가 불타는 눈빛, 더 없이 치열한 살기를 드러내며 단호하게 잘라 말했다.

"이런 건 늦장부리지 말고 빨리빨리 해치우는 게 좋은 거거든. 흐흐흐……!"

설무백은 냉정해져서 고개를 저었다.

"그렇다면 노 선배님의 부탁은 거절하겠습니다."

태양신마가 어리둥절해했다.

"어째서?"

설무백은 고개를 저으며 추호도 가감 없이 직설적으로 말했다.

"가당치 않은 일이니까요! 노 선배님 혼자서 그들을 상대한다는 건 절대적으로 역부족입니다!"

태양신마가 적잖게 분노한 기색이면서도 애써 차분함을 가장하며 말했다.

"나 혼자 어렵다는 건 나도 안다. 혼자 나서지 않고, 관외의 세력을 모을 거다. 내게 그 정도 역량은 있다."

설무백은 가로젓던 고갯짓을 멈추지 않고 대답했다.

"그것까지 감안해서 말씀드린 겁니다. 관외의 힘을 모조리 끌어모아도 어림없습니다. 저들이 누군지 이미 잘 아시지 않습니까."

태양신마가 지그시 어금니를 악물며 새파래진 눈초리로 설무백을 바라보았다.

살기가 비등했다.

"너는 지금 선을 넘고 있다. 내가, 이 태양신마 복양홍일이 그딴 시러베 잡놈보다 못한 마교의 잔당에게 당할 것 같으냐!"

설무백은 조금도 물러서지 않고 대꾸했다.

"마교의 잔당이 아닙니다. 수백 년간 숨죽인 채 힘을 키운 마교의 세력입니다. 이미 묘강의 전설인 오독문이 무너졌고, 서장의 지배자인 포달랍궁이 멸문지화를 당했습니다. 노 선배께서 관외의 힘을 전부 다 끌어모아도 역부족입니다. 개죽음을 자초할 뿐입니다."

태양신마가 너무 화가 나서 차라리 어이가 없는지 혁혁하게 불타던 눈빛과 살기를 거두며 물었다.

"하면, 너는 대체 무엇을 바라고 이 먼 관외까지 넘어와서 우리를 만나려고 했다는 거냐?"

설무백은 마음을 다잡으며 있는 그대로 솔직하게 대답했다.

"방금 말씀드린 이유 때문입니다. 관외의 힘만으로는 역부족이라고, 그러니 그 힘을 제게 달라는 청을 하기 위해섭니다."

그는 말미에 자리에서 일어나서 정중하게 포권의 예를 취하며 다시 말했다.

"본의 아니게 인사가 늦었습니다. 설무백이라고 합니다. 청하고 바라건대, 관외의 힘을 제게 주십시오!"

태양신마는 잠시 멀거니 말이 없다가 슬쩍 거구의 사내를 바라보았다.

거구의 사내가 멋쩍은 기색으로 히죽 웃으며 뒷머리를 긁적거렸다.

그 모습을 본 태양신마가 아차 하는 표정으로 재빨리 대나무처럼 바싹 마른 사내, 가림에게 시선을 돌렸다.

가림이 곤혹스러운 표정으로 고개를 숙였다.

"죄송하지만, 저도 잘…… 아니, 처음 들어 보는 이름입니다."

이제 보니 설무백을 두고 하는 말이었다.

태양신마의 얼굴이 볼썽사납게 일그러졌다.

가림이 찔끔하며 재빨리 싸움에서 살아남은 네 명의 생존자들을 둘러보았다.

가림의 시선을 받은 네 명의 사내가 난감한 표정으로 쩔쩔매며 눈치를 보았다.

그들도 모르기는 마찬가지였던 것이다.

태양신마가 그제야 고개를 바로 해서 설무백을 노려보며 따졌다.

"너 나보다 더 유명하다며?"

설무백은 태연하게 대꾸했다.

"중원이라고 했죠. 여기는 중원이 아니고, 저분도 중원인이 아닌 것 같은데요?"

"저 녀석은 중원에 대한 것도 제법 해박한 편일 걸 아마?"

"그리 해박한 것 같지 않네요."

"너를 몰라서?"

"예."

"허……!"

태양신마가 절로 실소했다.

설무백은 당연한 것이라는 듯 어깨를 으쓱였다.

태양신마가 자리를 털고 일어나며 정말이지 골치가 지끈거린다는 표정으로 설무백을 바라보았다.

"너 정말 사람을 힘들게 하는 재주를 가졌구나?"

설무백은 이제 더 이상 태양신마의 표정에서나 어투에서나 반감이나 거부감 따위의 적개심이 보이지 않는다는 사실을 깨달으며 말했다.

"이제 얼추 여분의 시간을 다 사용한 것 같은데, 그만 결정하시죠?"

꽤나 시간이 흘렀다.

유명교의 후발대가 도착할 시간이 다가온 것이다.

태양신마가 정말 기기 막힌다는 표정을 지으며 쳐다봤다.

"넌 대체 뭘 믿고 그리 당당한 거냐?"

설무백은 솔직하게 대답했다.

"첫째는 저 자신이고, 둘째는 노 선배의 눈이죠. 노 선배도 사람을 보는 눈 정도는 가지고 있잖아요."

태양신마가 정말이지 졌다는 듯 허허 웃고는 물었다.

"그래, 일단 내가 네 말대로 따른다고 치고, 그럼 이제부터 내가 무엇을 어떻게 하면 되는 거냐?"

설무백은 일말의 주조도 하지 않고 말했다.

"간단합니다. 노 선배의 입김이 통하는 관외의 조직들에게 저간의 사정을 밝히며 별도의 상황이 벌어져서 따로 연락을 취하기 전까지 무기한 잠적하라는 지시를 내리고, 저와 함께 가면 됩니다."

"너와 함께 간다는 뜻은?"

"그야 마찬가지의 행동을 취하며 저를 돕는 거죠."

태양신마의 얼굴이 일그러지더니, 역시나 좋지 않은 대꾸가 나왔다.

"쥐새끼처럼 숨어서 말이지?"

"숨는 게 아닙니다. 도약을 위한 후퇴입니다. 지금 저를 돕는 분들은 다들 그러고 있습니다."

"지금 너를 돕고 자들이 어떤 자들인데?"

설무백은 '어떤'이라는 단어에 실린 거부감을 예민하게 느끼며 쓰게 입맛을 다셨다.

지금 태양신마가 가질 수 있는 불만이나 욕구는 충분히 이해하지만, 이런 식으로 순수한 호기심이 아니라 트집을 잡으려한다면 받아 줄 수 없었다.

태양신마가 그런 그의 심리를 읽은 것처럼 제법 기분이 상했다는 듯 안색을 굳히고 있었다.

설무백은 멋쩍게 웃으며 손을 저었다.

이제 와서 태양신마를 놓치고 싶지는 않았다.

태양신마도 태양신마지만 관외의 힘을 포기할 수는 없었다.

사태가 이렇듯 빠르게 진전될 줄 몰라서 그랬지, 사전에 조금이라도 이런 징후를 알았다면 그는 만사를 제쳐 놓고 관외로 달려왔을 터였다.

향후 그의 행보에서 관외의 힘은 그만큼 높은 비중을 차지해서 쉽게 버릴 수 있는 것이 아니었다.

　　"오해 마세요. 화를 내는 것이 아니라 곤란해하는 거니까요. 노 선배께서는 '일단 내 말대로 따른다고 치고'라고 하셨습니다. 결정한 게 아니죠. 그런데 저는 그런 가정으로 식구들을 드러낼 수 없습니다. 그러니 결정하세요. 제 배에 타신다고 결정하면 말씀드리죠."

　　태양신마가 자못 코웃음을 쳤다.

　　"그리 대단한 인물들이라는 거냐?"

　　설무백은 어깨를 으쓱하며 대답했다.

　　"결정부터 하시라니까요?"

　　태양신마가 무감동하지만 위압감이 가득 담긴 눈빛으로 설무백을 바라보며 잠시 뜸을 들였다.

　　설무백은 강철처럼 견고한 무심함으로 무장한 상태로 태양신마의 눈빛을 마주하며 버텼다.

　　그게 통한 모양이었다.

　　태양신마가 천천히 고개를 끄덕였다.

　　"그래 좋다, 네 배에 타 마!"

　　설무백은 픽 웃으며 말했다.

　　"남아일언(男兒一言)은?"

　　태양신마가 대답했다.

　　"그야 물론 중천금(重千金)이지."

설무백은 한마디 더했다.

"일구이언(一口二言)은?"

태양신마가 귀찮다는 표정이면서도 대답은 했다.

"그래그래, 이부지자(二父之子)인 거 아니까 다른 걱정 말고 이
제 그만 나보다 먼저 네 배에 탄 사람들이 누군지나 말해 봐!"

설무백은 가볍게 웃으며 대답했다.

"어차피 마음을 이미 정하셨고, 저를 따라가면 자연히 만나
게 될 텐데 뭐 그리 서두르십니까. 그보다 어서 여기 관외의
일이나 마무리 짓고, 돌아가신 저 두 분이나 빨리 중원으로 모
시죠?"

태양신마가 뭐 이런 놈이 다 있나 싶은 표정으로 설무백을
바라보았다.

설무백은 상관하지 않고 채근했다.

"아, 어서요. 이대로 조금만 더 시간을 지체했다간 온전한 모
습으로 자제분을 만날 수 없을 테니, 한시가 급합니다."

말이야 옳았다.

기실 두 사람, 빙백신군 희산월과 그 처인 관외옥녀 해사의
주검은 관외의 싸늘한 날씨에도 불구하고 벌써 퍼렇게 상해 가
고 있었다.

태양신마가 새삼 그와 같은 모습을 확인하더니, 어쩔 수 없
다는 듯 길게 한숨을 내쉬고는 이내 설무백을 향해 눈을 부라
렸다.

"너 나중에 보자."

설무백은 그저 웃음으로 받아넘겼다.

태양신마가 새삼 어이없다는 표정을 짓다가 이내 손을 내저으며 대나무처럼 바싹 마른 사내 가림에게 시선을 돌렸다.

"들었지? 관외의 일은 가림, 네가 맡아야겠다. 청록(靑鹿)과 백록(白鹿)을 데리고 가라. 먼저 십교천(十敎天)으로 가서 도움을 받으면 관외의 모든 세력에게 내 말을 전하는 게 그리 어렵지 않을 게다. 겸사겸사 오다가 떨어뜨린 독자위(獨刺蝟) 녀석과 혹시 몰라서 총단 주변에 박아 놓은 비사대(匕斜隊) 애들도 잘 챙기고!"

"옙!"

가림이 두말없이 복명하고는 재우쳐 물었다.

"일을 끝내고 어디로 돌아가면 되겠습니까?"

태양신마가 대답 대신 설무백에게 시선을 주었다.

설무백은 그 시선에 부응해서 나름 친절하게 말해 주었다.

"감숙성 난주의 풍잔으로 오면 됩니다."

태양신마가 픽 웃었다.

"난주 촌놈이었냐, 너?"

설무백은 따라 웃으며 어깨를 으쓱했다.

"뭐, 일단은요."

태양신마가 새삼 같잖다는 듯 코웃음을 치고는 이내 가림에게 시선을 돌리며 말했다.

"너무 늦게 않게 서둘러라, 혹시라도 놈들에게 행적이 드러나며 이유 여하를 막론하고 그 즉시 철수하고."

"옙! 알겠습니다! 그럼 다녀오겠습니다!"

가림이 대답과 동시에 서둘러서 말을 타고 장내를 떠났다.

따로 명령을 내리지 않았으나, 일륜회의 생존자들 중 두 사내가 즉시 나서서 태양신마에게 공수하고 그의 뒤를 따라갔다.

그들의 모습이 시야에서 사라지기도 전에 태양신마가 거구의 사내에게 명령했다.

"무몽(無蒙), 식구들의 주검을 한곳에 모아라! 이대로는 함께 중원으로 들어갈 수 없으니, 태워야겠다!"

"옙!"

무몽이라 불린 거구의 사내가 나머지 두 명의 생존자를 데리고 빠르게 움직여서 마상에 실려 있던 모든 주검을 한곳에 뭉쳐서 내려놓았다.

태양신마가 그 앞으로 가서 대뜸 장력을 날렸다.

화르륵-!

한곳에 뭉쳐진 주검들이 불타올랐다.

태양신마의 장심에서 발사된 화염이 순식간에 시체들을 태워서 뼈조차 제대로 남지 않는 재로 만들고 있었다.

무몽을 비롯한 일륜회의 다섯 사내는 그사이 나머지 유명교도들의 시체도 한곳에 뭉쳐 놓았고, 태양신마는 역시나 자신의 독문무공인 양강진력에 기인한 화염을 쏘아 내서 불태웠다.

이윽고, 불길이 잦아들자 태양신마가 명령했다.

"우리 애들과 문인 가 애들의 뼈는 잘 추려서 다 같이 한곳에 묻어 줘라. 같이 있는 게 외롭지 않을 테지."

무몽을 비롯한 일륜회의 다섯 사내가 태양신마의 명령에 따라 뼈를 수거해 장내와 조금 떨어진 숲속에 땅을 파고 묻었다.

태양신마가 그 모습을 지켜보다가 바닥에 내려 둔 빙백신군과 관외옥녀 부부의 주검을 마상에 챙기며 말했다.

"너도 앞으로 유명교의 애들과 싸울 때는 이렇게 시체를 남기지 마라. 부득불 시체를 남겨야 할 때는 목이라도 확실하게 베어서 머리를 떼어 놓고. 안 그러면 유명교의 놈들이 시체를 가지고 무슨 짓을 할지 모른다. 죽은 자까지 지배하려 드는 마귀 집단이 바로 그놈들이니까!"

"그러죠."

설무백은 짐작되는 바가 있어서 더 묻지 않고 바로 수긍하며 재우쳐 물었다.

"그건 그렇고, 그분들은 어디로 모셔야 하는 겁니까?"

태양신마가 의미심장한 눈빛으로 설무백을 일별하며 대답했다.

"하남성으로 가야 한다."

"하남성요?"

설무백은 어째 이유도 모르게 싸한 기분에 휩싸이며 재우쳐 물었다.

"하남성 어디요?"

"정주부다."

기다렸다는 듯이 대꾸한 태양신마가 자못 의미심장한 눈빛으로 설무백을 바라보며 마상에 올라서 덧붙였다.

"너와 달리 이들의 딸내미야말로 중원에서 정말 유명하지. 정주부의 무림맹에서 손꼽히는 여고수가 바로 이들의 핏줄이니까. 네가 알지 모르겠다만……!"

설무백은 절로 그 이름이 입 밖으로 흘러나왔다.

"희여산?"

태양신마가 기고만장한 웃음을 터트렸다.

"역시 너도 아는구나. 하하하……!"

영웅본색英雄本色 (4)

"그래서요?"

희여산의 태도는 냉담했다.

닷새 이상이나 거의 쉬지 않고 달려서 도착한 관외에서 발길을 돌렸고, 다시금 닷새 이상이나 거의 쉬지 않고 달려서 돌아왔다는 설무백의 고생담이 그녀에게 아무런 감흥을 주지 못하는 것 같았다.

그저 사전에 아무런 예고도 없이 불시에 자신의 거처를 침입한 설무백의 무례만이 매우 불쾌한지 그녀의 눈빛에 서린 적개심은 실로 장난이 아니었다.

설무백은 이래서야 도무지 진실을 밝히기 어렵다는 생각이 들었으나, 그렇다고 그냥 돌아설 수는 없는 일이었다.

사전에 나름 이런저런 약제를 써서 조치를 했으며, 실로 쉬지 않고 서둘러서 달려왔음에도 불구하고 자연의 순리는 도저히 막을 도리가 없는 까닭에 빙백신군과 관외옥녀의 주검은 벌써 검붉은 부패가 진행되었고, 지금 이 시간에도 빠르게 부패해 가고 있었기 때문이다.

설무백은 우선 사과했다.

"미안하오."

희여산이 새삼 이해할 수 없다는 표정으로 삐딱하게 바라보았다.

"뭐가요?"

설무백은 대답 대신 손을 내밀었다.

희여산이 화들짝 놀라며 물러났으나 소용없었다.

설무백이 내민 손은 뻔히 보면서도 피하지 못하는 기묘한 수였다.

희여산이 경악과 불신에 찬 눈빛으로 설무백을 바라보며 말을 더듬었다.

"이, 이게 대체 무슨 짓……?"

설무백은 미처 질문이 끝나기도 전에 그녀의 아혈마저 봉쇄했다.

"사정이 있어서 이러는 것이니, 이해하시오."

말문마저 막혀 버린 희여산의 눈동자가 도무지 믿을 수 없는 상황이라는 듯 불안하게 흔들렸다.

설무백은 그런 그녀를 어깨에 들쳐 메고 무림맹의 영내를 빠져나갔다.

무림맹의 중심에 해당하는 그녀의 거처 주변에는 기본적인 번초들을 제외하고도 그녀의 휘하인 지검대의 정예들이 다수 포진해 있었으나, 그 누구도 그의 기척은커녕 흔적 하나 감지하지 못했다.

전례의 없을 희대의 상봉이 그래서 이루어질 수 있었다.

설무백이 마혈과 아혈을 봉쇄한 상태로 어깨에 짊어진 희여산을 데리고 간 곳은 정주부의 서문을 벗어난 지역의 야산 기슭에 자리한 묘당(廟堂)의 폐가였다.

과거 한때는 꽤나 번창했던 묘당인 듯 넓은 터에 담장도 있고, 건물도 여럿이었던 묘당이었다.

그러나 지금은 거의 대부분이 반쯤 혹은 전부 다 무너져서 흙덩이로 변해 가고 있었고, 온전하게 보이는 곳도 어딘가 한쪽 벽이 무너졌거나 지붕이 내려앉아서 비를 피하기도 어려워보였는데, 신기하게도 본전(本殿)으로 보이는 중앙의 건물 하나는 제법 형체를 유지하고 있었다.

묘당에 도착한 설무백은 곧장 그곳으로 들어가서 짊어지고 온 희여산을 한쪽 벽에 등을 기댄 자세로 내려놓았다.

극도의 분노로 새파랗게 변한 희여산의 눈초리가 설무백의 얼굴을 쏘았다.

설무백은 상관하지 않고 그녀의 아혈을 풀어 주었다.

"어서 당장……!"

"화도 많이 나고, 의문도 적지 않을 테지만, 그래도 대답부터 먼저 해 줘야겠소."

설무백은 무심하게 그녀의 말을 끊고는 슬쩍 손을 내밀어서 실내의 중앙에 놓인 두 개의 관 너머, 반대편 벽에 등을 기대고 앉아 있는 네 사람 중 한 사람인 태양신마를 가리키며 말했다.

"누군지 알아보겠소?"

희여산이 커진 눈으로 태양신마를 바라보며 어리둥절해했다.

"숙부님이 왜 여기에……?"

태양신마는 복잡 미묘한 감정이 뒤섞인 눈빛으로 그저 희여산을 바라볼 뿐 말이 없었다.

희여산이 그제야 느낀 듯 황당한 표정으로 설무백을 바라보았다.

"서, 설마 당신 숙부님께도 점혈을……?"

설무백은 어색한 미소를 흘리며 대답했다.

"사정이 그렇게 되었소. 막무가내로 무림맹을 찾아가서 당신을 만나겠다고 억지를 부리는 바람에 다른 도리가 없었소."

사실이었다.

하남성 정주부에 도착한 태양신마는 막무가내로 무림맹을 찾아가서 희여산을 만나겠다고 고집을 부렸다.

무림맹의 내부에 적의 간자가 침투해 있을 거라는 설명을 해

줘도 그따위는 개나 줘 버리라는 식으로 극구 고집을 부리는 바람에 설무백으로서도 다른 도리가 없었다.

"······!"

희여산이 믿을 수 없다는 표정으로 태양신마와 설무백을 번갈아 보았다.

태양신마의 무력을 익히 잘 아는 그녀로서는 작금의 현실이 도무지 현실로 다가오지 않고 있는 것 같았다.

설무백은 상관하지 않고 계속 말했다.

"아무튼, 저분, 노 선배께서 당신에게 할 말이 있다고 하오. 당신이 내 방문을 달가워하지 않는 것 같아서 괜한 소란을 피하고자 본의 아니게 이런 방법을 쓴 것인데, 진정하고 차분히 대화를 나눌 준비가 되었다면 마혈을 풀어 주겠소."

희여산이 싸늘하게 소리쳤다.

"풀어 줘요!"

설무백은 냉담하게 고개를 저었다.

"그리 감정을 앞세운다면 풀어 줄 수 없소. 당신도 알다시피 이곳 근방에도 무림맹의 무사들이 매복을 하고 있고, 나는 괜한 소란으로 무림맹과 척을 지고 싶지 않기 때문이오."

그사이에 무슨 일이 벌어졌기에 이리도 경계가 강화되었는지는 모르겠으나, 성내도 아니고 성 밖, 그것도 인적이 드문 이곳, 묘당의 근방조차 무림맹의 무사들이 매복하고 있었다.

희여산이 한결 가라앉은 목소리로 말했다.

"알았어요. 소란스럽게 하지 않을 테니, 어서 풀어 줘요."

설무백은 그제야 손을 뻗어서 희여산의 혈도 몇 군데를 두드리는 것으로 봉쇄한 마혈을 풀어 주고는 그녀가 저린 사지를 주무르는 사이 자리를 옮겨 태양신마의 아혈도 풀어 주었다.

"너 이 자식……!"

"그러지 마시고……."

설무백은 재빨리 그의 말을 끊으며 말했다.

"그녀하고 얘기하세요. 내가 그녀를 한다는 얘기도 믿지 않았지만, 보시다시피 사실이잖아요."

"그거야 네놈이 다 와서 얘기하니까 그렇지!"

"처음이든 다 와서든 그거야 내 맘이죠. 하물며 그것도 노 선배께서 무림맹으로 찾아가서 그녀를 만나겠다고 고집을 부리지만 않았다면 말하지 않았을 겁니다. 별로 좋은 관계로 엮인 인연도 아니고 해서."

잡아먹을 듯이 무섭게 설무백을 노려보던 태양신마가 어쩔 수 없다는 듯 한숨을 내쉬며 버럭 했다.

"알았으니까, 어서 풀어!"

설무백은 마찬가지로 가벼운 손짓으로 태양신마의 요혈 몇 군데를 두드리는 것으로 마혈을 풀어 주며 당부했다.

"다시 말하지만 여기서 그리 멀지 않은 곳에도 무림맹의 무사들이 매복하고 있습니다. 감정대로 소리치시지 말고 알아서 잘 얘기하세요."

태양신마가 울화통이 터진다는 표정으로 설무백을 노려보았으나, 이미 뱉어 놓은 말이 있어서 그런지 그저 붉으락푸르락할 뿐 정작 화를 내지는 않았다.

　화를 낼 여유도 없었다.

　희여산이 대번에 그의 곁으로 다가왔기 때문이다.

　"숙부님, 대체 무슨 일이에요?"

　"아, 아니 그게, 그러니까······!"

　태양신마가 난감한 표정으로 말을 더듬었다.

　비애와 근심이 가득한 그의 눈빛이 희여산의 시선을 마주하고 있었다. 그에게 진짜 곤혹스러운 시간이 시작된 것이다.

　설무백은 대수롭지 않게 그들을 외면하며 나머지 세 사람의 아혈과 마혈을 풀어 주고는 두말없이 돌아서서 밖으로 나섰다.

　"밖에 나가서 있을 테니, 얘기 끝나면 부르세요."

　희여산이 무언가 불길한 느낌에 휩싸인 듯 심각해진 표정으로 돌아보고, 태양신마가 이제야 도움을 바라는 곤혹스러운 눈빛으로 쳐다봤으나 설무백은 사뭇 매정하게 뿌리치며 밖으로 나갔다.

　아무리 생각해도 이건 그가 나설 일이 아니라는 생각이었다.

　밖으로 나온 설무백은 제법 멀리 떨어진 묘당의 측면, 무너진 담벼락이 변한 돌무더기에 앉아서 기다렸다.

　밤이 깊었다.

　하늘에는 달도 별도 없었다.

차가운 날씨에 말라비틀어진 풀 속에서는 얼어 죽지 않고 버틴 벌레 소리가 간헐적으로 들려와서 가뜩이나 스산한 분위기를 더욱 처량하게 만들고 있었다.

설무백은 그게 싫어서 자리를 털고 일어나다가 문득 다시 앉았다.

저편 어둠 속에서 두 사람이 다가왔다.

바람처럼 표홀한 신법으로 날듯이 사뿐히 다가온 그들, 두 사람은 바로 혹시 몰라서 묘당의 주변을 살펴보라는 그의 지시에 나섰던 공야무륵과 검후였다.

"북쪽과 서쪽 모두 반경 오십여 장 이내에는 깨끗합니다."

"동쪽과 남쪽도 그래요. 일백 장쯤 되는 지점에야 서너 군데의 매복이 있더군요. 역시 무림맹의 무사들이었고요."

"수고했어."

설무백의 나직한 치하를 들은 공야무륵이 늘 그렇듯 무덤덤한 태도로 곁에 시립했다.

가만히 그 모습을 바라보던 검후가 문득 넌지시 물었다.

"나도 이제 저래야 하나요?"

설무백은 이채로운 눈빛으로 검후를 바라보며 되물었다.

"하고 싶은 말이 뭐야?"

검후가 잠시 그의 시선을 마주한 채로 뜸을 들이다가 대답했다.

"사명을 다하지 못한 검후는 더 이상 검후가 아니고, 남해청조각의 율법은 그런 낙오자에게 매우 가혹하지요. 남해청조각은 아마도 낙오자인 저를 수용하려 들지 않을 거예요. 추방이 아니면 기껏해야 평생을 담보로 하는 폐관수련이겠죠. 역대 낙오자들이 다들 그랬으니까요."

설무백은 이해할 수가 없었다.

"남해청조각의 주인은 검후가 아니었나?"

"맞아요. 남해청조각의 주인은 검후예요."

"그럼 대체 그게 무슨 소리야?"

"말했잖아요. 나는 이제 검후가 아니라고."

검후는 쓸쓸하게 웃으며 부연했다.

"사명을 다하지 못한 검후는 더 이상 검후가 아닌 거예요. 그러니 남해청조각의 주인도 될 수 없는 거죠."

"뭐야, 그럼? 검후의 비무행이……?"

"그래요."

설무백의 말을 검후가 끊고 말했다.

"검후의 비무행은 일종의 시험이에요. 남해청조각의 진정한 후계자가 되기 위한 일종의 관문인 거죠."

설무백은 이제야 지금 검후가 무슨 말을 하고 싶은 것인지 깨달으며 빙그레 웃는 낯으로 확인했다.

"결국 우리 풍잔의 식객이 되겠다는 건가?"

검후가 애써 그의 시선을 피해서 딴청을 부리며 대답했다.

"아시겠지만, 밥값은 해요."

설무백이 가타부타 대답하기 전에 곁에서 불쑥 튀어나온 요미가 말을 가로챘다.

"나는 찬성! 이런 여자는 곁에 두고 감시해야 해. 멀리 두면 무슨 짓을 할지 몰라서 위험하니까."

설무백은 짐짓 냉정하게 요미를 쏘아봤다.

"안 물어봤는데?"

"쳇!"

요미가 혓소리를 내고는 마치 촛불이 꺼지듯 그 자리에서 다시 사라졌다.

그야말로 유령처럼 일체의 기척도 없이 홀연한 모습, 와중에도 설무백의 입가에 절로 감탄의 미소를 깃들게 하는 귀신 같은 은신술이었다.

설무백의 그 미소가 검후에게 자신감을 준 것일까?

오늘 따라 전에 없이 소심하게 굴던 그녀가 힘을 얻은 것처럼 다그치듯 물었다.

"어려운 문제도 아닌데, 빨리 가부간에 결정해 주죠?"

설무백은 승낙의 의미로 말했다.

"검후라는 이름을 쓰지 못한다는 건데, 그럼 이제 뭐라고 부르지?"

검후가 반색하다가 이내 자신의 실태를 깨달은 듯 예의 조용한 모습으로 돌아가서 대답했다.

"어미도 아비도 없는 터라 일찍부터 그냥 그림자라고, 영(影)

이라고 불렸어요. 나중에 제가 검후의 후보자 십 인에 들었을 때, 현 보타문주이신 요지선녀(瑤池仙女)께서 검(劍)이라는 성을 붙여 주었죠."

"검 그림자, 검영(劍影)?"

"예, 그리 부르면 될 것 같네요."

"어울리네."

설무백은 기꺼운 표정으로 고개를 끄덕였다.

"검영."

검영으로 불린 검후가 애써 흡족한 표정을 감추는 기색이다가 이내 조심스럽게 설무백을 바라보며 물었다.

"저는 이제 당신을 뭐라고 불러야 하는 거죠?"

설무백은 바로 대답하지 못하고 머뭇거리다가 이내 실로 어색한 표정을 지으며 쓰게 입맛을 다셨다.

"그러고 보니 워낙 부르는 사람마다 제각각이라 애매하군. 누구는 대당가라 부르고, 누구는 객주라 부르고, 누구는 문주, 하다못해 주인이라 부르는 사람도 있지. 요미, 저 녀석은 오빠라고 부르고."

그는 픽 웃으며 덧붙였다.

"호칭은 아무래도 상관없어. 같은 식구라는 것이 중요하지. 그러니 그냥 부르기 편한 것으로 골라잡아서 불러."

이제 검후라는 이름을 버린 검영이 담백한 어조로 말했다.

"그럼 이제부터 그냥 주군으로 부르도록 하지요. 그렇게 부르는 모든 사람들이 보통은 다 그냥 주군으로 부를 테니까요."

"뭐, 좋을 대로 해."

설무백의 허락이 떨어지기 무섭게 검영이 자세를 바로 하며 더없이 정중하게 포권의 예를 취했다.

"검영이 정식으로 주군께 인사드립니다. 비록 갈 곳 없는 부랑자의 신세라 몸을 의탁할 요량으로 마음을 정한 것이긴 하나, 일단 마음을 정한 이상, 분골쇄신(粉骨碎身) 진심으로 충성하며 견마지로(犬馬之勞)를 다할 테니, 부디 좋은 주군이 되어 주시길 바랍니다!"

설무백은 한 방 맞은 표정으로 너무나도 진지하게 고개까지 숙인 채 공수하고 있는 검영을 바라보았다.

"뭐가 이리 거창해?"

검영이 공수를 풀지 않은 채 고개를 들고 쳐다보며 말했다.

"외람된 말이나, 이유 여하를 막론하고 천애고아로 태어난 저를 재워 주고, 먹여 주고, 길러 준 사문을 등지는 일이라 마음이 매우 무겁습니다. 조금이라도 마음을 가볍게 하고 싶어서 이러는 것이니, 추태로 보지 마시고 부디 제대로 대답해 주시길 바랍니다."

설무백은 이제야 오랫동안 견고한 사문의 율법 아래서만 행동하며 살던 검영의 사고방식과 그 울타리를 벗어나는 지금 이 순간의 불안한 마음을 조금이나 이해할 수 있어서 기꺼이 마주 공수하며 대답했다.

천하천의
주인

"그래, 검영. 나 역시 최선을 다해서 네가 부끄러워하지 않을 주군이 되도록 하겠다!"

검영이 그제야 새삼 깊숙이 고개를 숙이는 것으로 예의를 다했고, 설무백은 묵묵히 고개를 끄덕이는 것으로 거듭 흡족한 마음을 드러냈다.

그때 누군가 그들의 곁으로 달려왔다.

공야무륵이 그를 알아보았다.

"무슨 일이오?"

나타난 사람은 일륜회의 거구, 무몽이었다.

그는 가볍게 눈인사를 하는 것으로 공야무륵을 외면하고는 설무백을 향해 깊숙이 고개를 숙였다.

"들어오시랍니다."

영웅본색英雄本色 (5)

설무백이 들어섰을 때, 희여산과 태양신마는 중앙에 놓인 두 개의 관을 사이에 두고 마주 앉아 있었다.

두 개의 관 다 뚜껑을 비스듬하게 반쯤 열어 놓아서 빙백신군과 관외옥녀의 얼굴이 드러난 상태였다.

부패가 상당히 진행되어 검붉게 변색되고 부분적으로 뭉그러진 얼굴이 섬뜩한 느낌을 주었지만, 그보다 더 참기 어려운 것은 코가 섞어 문드러질 것 같이 지독한 악취였다.

그러나 태양신마와 희여산은 눈 하나 깜짝하지 않은 채 무심하게 마주하고 있었다.

태양신마는 그렇다 치고, 희여산의 무심함이 참으로 놀라웠다.

부모 자식 간에 어떤 기구한 사연이 있기에 서로 떨어져 살고 있었는지는 몰라도, 부모의 주검 앞에서 이리도 담담할 수 있는 여자는 천하에 그리 흔치 않을 것이었다.

'정말 담담한 걸까, 담담함을 가장하는 걸까?'

설무백은 희여산의 곁으로 가서 넌지시 말했다.

"감정을 너무 심하게 누르는 것도 좋지 않소. 화병으로 죽는다는 말이 괜히 있는 게 아니오."

희여산이 힐끗 그를 돌아보았다.

"내가 부모님의 죽음 앞에서 울지 않는 것이 이상해 보이나요?"

설무백은 솔직하게 인정했다.

"정상으로 보이진 않소."

희여산이 잠시 뜸을 들이다가 불쑥 물었다.

"울면 해결되나요? 울음을 통해서 회복되는 것은 아무것도 없어요. 돌아가신 분들을 살릴 수도 없고, 복수가 이루어지지도 않아요. 지금은 그 어느 때보다도 냉정함을 유지해야 해요."

설무백은 어깨를 으쓱이며 가볍게 충고했다.

"절제도 심하면 병이 되오. 울고 싶을 때 마음껏 우는 것이 좋소. 울음은 당면한 슬픔을 흘려버리고 난 뒤, 내 자신을 진정시키는 힘과 묵은 내 안의 것들을 전부 다 비워 내 버리고 다시 일어설 수 있게 만드는 저력을 가지고 있는 거요."

희여산이 기다렸다는 듯 냉담하게 대꾸했다.

"그거야 당신 생각이죠. 내 생각은 달라요. 나는 울지 않고도 내 자신을 진정시킬 수 있고, 안의 것을 비워 내지 않고 간직한 채로 일어날 수 있으니까요."

"자신을 가장 잘 아는 것이 자기 자신이니까, 당신이 그렇다면 당신은 그런 거겠지."

설무백은 더 이상 묻거나 따지지 않고 수긍해 버렸다.

더 없이 냉정한 그녀의 모습이 넋을 놓고 흐느껴 우는 사람보다도 더 슬프게 보여서 외면할 수밖에 없었다.

희여산이 그런 그의 시선을 따라 움직여서 마주하며 불쑥 말했다.

"나도 당신과 같이하고 싶어요. 나도 당신의 편에 넣어 줘요."

설무백은 밑도 끝도 없는 희여산의 말을 듣고도 대번에 상황을 짐작하며 슬쩍 태양신마를 쳐다봤다.

태양신마가 그의 시선을 외면하며 딴청을 부렸다.

희여산이 다시금 그의 시선 앞으로 나서며 말했다.

"당신이 무언가 남모르는 일을 도모하고 있다는 사실은 벌써부터 짐작하고 있었어요. 그저 그게 무림맹에 위해가 되는 일인지 아닌지 몰라서 수사를 해야 하나 말아야 하나 고민 중이었죠. 그걸 무림맹의 그 누구에게도 발설하지 않은 건 당연히 당신에 대한 내 호의였고요."

그녀는 설무백의 반응과 상관없이 지그시 입술을 깨물며 털썩 무릎을 꿇고 계속 말했다.

"당신도 아는 일전의 사건 이후부터 내가 부족하다는 것을 실감하고 있었어요. 이번 일도 그래요. 내게 복수는 피해갈 수 없는 의무지만, 지금의 내겐 상대를 감당할 수 있는 힘이 없어요. 그러니 부탁해요."

그녀는 문득 늘어진 소매에서 낡은 책자 두 권을 꺼내서 설무백의 발치에 내려놓으며 고개를 숙였다.

"당신은 몰라도 나 자신부터가 피의 맹세건 뭐건 입으로 하는 맹세나 서약 따위는 믿지 않는 사람이니, 대신 증표로 부모님께서 제게 남기신 이걸 바치겠어요."

"여산아!"

태양신마가 희여산이 꺼내 놓은 책자들을 보고는 크게 당황하며 외쳤다.

설무백은 이제야 내색을 삼가고 있던 희여산의 간절한 마음이 눈에 보이는 것 같아서 잠시 머뭇거리다가 이내 고개 숙인 그녀 앞에 쪼그리고 앉으며 바닥에 놓인 책자들을 들어서 확인했다.

태양신마의 반응을 보고 짐작한 그의 예상은 틀리지 않았다.

책자들의 겉에는 각기 반듯한 초서(草書)로 빙백신공(氷白神功)과 옥로진기(玉露眞氣)라는 표제가 적혀 있었다.

책자는 빙백신군 희산월과 관외옥녀 해사가 본신의 무공절기들을 정리해서 기록한 무공도보(武功圖譜)인 것이다.

설무백은 살펴본 무공도보들을 다시금 그녀의 머리맡에 내려놓고 일어나며 단호하게 말했다.

"싫소!"

희여산이 놀란 듯 발딱 고개를 쳐들고 설무백을 올려다보았다.

설무백은 그녀의 시선을 외면하고 돌아서서 밖으로 나서며 다시 말했다.

"대신 증표랍시고 내민 부모님의 유품을 내게 주지 않고 다시 품에 넣겠다면 당신의 청을 수락하도록 하겠소."

"......!"

희여산이 잠시 놀란 표정으로 굳어졌다가 이내 책자들을 소매 속으로 갈무리하며 일어나서 설무백의 뒤를 따라왔다.

"알겠어요. 그렇게 할게요. 그럼 이제부터 내가 무엇을 어떻게 해야 하죠?"

설무백은 밖으로 나서며 말했다.

"우선 멀리서부터 고생하신 부모님을 편히 쉴 수 있도록 해 드리시오."

"그다음은요?"

"남궁유아와 화해하시오."

"예?"

희여산이 당최 모르겠다는 표정으로 설무백을 바라보았다.

설무백은 의혹으로 일그러진 그녀의 얼굴을 외면하고 뒤따라 나선 태양신마 등 일행과 함께 자리를 뜨며 말했다.

"남궁유아에게 백선의 일원이 되었다고 하시오. 그럼 그녀가 나와 함께 일하는 방법을 알려 줄 거요."

묘당의 폐가를 벗어난 설무백 등은 곧장 낙양으로 향하는 관도에 올랐다.

낙양에서 삼문협(三門峽)으로 이어진 관도를 통해 하남성을 벗어나고, 섬서성의 중부를 가로질러서 감숙성으로 들어가려는 것이 설무백의 계획이었다.

태양신마는 그저 묵묵히 설무백의 행보를 따를 뿐, 별다른 말이 없었다.

사실 그는 희여산만 홀로 묘당의 폐가에 남겨 두고 온 것이 못내 마뜩찮은지 매우 불편한 기색이었다.

다만 내내 혼자서 구시렁거릴 뿐, 정작 그렇게 하자고 눈치를 준 설무백에게는 일언반구 아무런 말도 하지 않았다.

희여산을 혼자 두고 가는 것이 내키지는 않지만, 지금은 그녀를 혼자 두는 것이 좋다는 설무백의 말에 그도 동의하는 것이다.

아마도 그래서일 터였다.

낙양으로 가는 새벽길에서 우연처럼 마주 오는 사내들이 시야에 들어오자 그는 대단히 반색했다.

네 명의 사내였다.

다들 저마다 등짐을 진데다가, 관도의 맞은편에서 나타난 설무백 등에게 별다른 시선을 주지 않고 자기들끼리 와자하니 떠들고 있는 것으로 보아 그냥 지나가는 보따리 장사들처럼 보였다.

그러나 태양신마는 노강호답게 초행길임에도 그게 아닌 것을 대번에 간파한 듯 설무백을 향해 누런 이를 드러내며 낮은 소리로 말했다.

"이제 보니 너 정말 중원에선 꽤나 유명한가보구나. 이 새벽에 이런 외딴 관도에서 목숨을 노리고 다가서는 자들이 있다니 말이야. 아무려나 걱정 마라. 너와 함께하는 기념으로 저놈들은 내가 대신 처리해 주도록 하마."

마침 거북하고 불쾌한 기분을 해소할 대상이 나타나서 더 없이 기쁘다는 얼굴이요, 태도였다.

설무백은 태양신마의 말과 상관없이 이미 마주 오는 사내들이 자신에게 좋지 않은 용무가 있음을 간파하고 있었다.

빙백신군과 관외옥녀의 주검을 그대로 희여산에게 보여 줄 수 없어서 또한 정주부로 오려면 배를 타고 황하를 건너야 하기 때문에 겸사겸사 근처 도심을 들러서 관을 샀는데, 아마도 그게 화근인 것 같았다.

시커먼 장정들이 시체를 들고 빠르게 내달려서 관을 사러 갔으니, 주변의 이목이 쏠리는 것이 당연하고, 소문이 나지 않는다면 그게 오히려 이상한 일이었다.

'묘당의 폐가에서 덮치지 않은 것을 보면 도중에 흔적을 놓쳤다가 다시 찾아서 앞질러 갔다는 거겠지?'

뒤쪽에도 다가서는 기척이 있으니, 아무래도 그럴 가능성이 매우 높았다.

그리고 돌아가는 정황으로 봐서 앞쪽이 미끼고 뒤쪽이 진짜였다.

앞쪽의 사내들은 마치 시선을 끌겠다는 듯 적당히 건들거리며 다가오고 있었지만, 뒤쪽의 기척은 바람처럼 은밀했다.

설무백이 내심 그런 계산을 하는 사이에 희희낙락하며 앞으로 나선 태양신마가 다가오는 사내들을 맞이하고 있었다.

"아기들아, 이 할아비와 잠시 놀지 않으려?"

네 사내가 동시에 한 걸음씩 물러나며 저마다 병기를 뽑아 들었다.

사전에 어떤 계획을 가지고 있었는지는 몰라도, 태양신마의 위압감에 놀라서 경기를 일으키며 반사적으로 자신들이 자객임을 드러낸 것이다.

그런 사내들을 바라보는 태양신마의 전신에서 열기가 뻗치기 시작했다.

설무백은 사내들의 반응이 제법 기민하긴 하나, 태양신마의 적수는 전혀 아니라는 사실을 인지하며 더는 쳐다보지도 않고 돌아섰다.

공야무륵이 벌써 도끼를 뽑아 든 채 뒤쪽으로 나서고 있었다.

설무백은 재빨리 말했다.

"한 놈은 살려!"

공야무륵이 뒤를 돌아보며 고개를 한 번 끄덕하고는 이내 히죽 웃는 낮으로 전방을 둘러보며 말했다.

"들었지? 한 놈은 살 수 있다. 누가 살래?"

어둠 속에서 네 명의 사내가 모습을 드러냈다.

다들 자신들의 은밀한 접근이 발각되었다는 사실에 놀란 기색이었다.

공야무륵이 수중의 도끼를 장난처럼 빙빙 돌리며 그들에게 다가갔다.

"알았어. 자발적으로 안 나서니 그냥 내가 고르도록 하지."

말이 끝나기 무섭게 그의 신형이 탄환처럼 앞으로 쏘아졌다.

네 명의 사내가 그야말로 화들짝 놀라며 재빠르게 좌우로 흩어졌다.

갑작스러운 회피였으나, 사전에 대비한 것처럼 빠르고 기민한 동작이었다.

그러나 공야무륵이 휘두른 도끼는 이미 표적을 잡은 상태였다.

칙! 촤악-!

질긴 나뭇가지가 끊어지는 것 같은 소음과 물로 가득 찬 가죽주머니가 찢어지는 소리가 울렸다.

좌측으로 움직이던 사내 하나의 목이 베어져서 머리가 떨어지고, 우측으로 움직이던 사내 하나의 가슴이 길게 베어지는 소리였다.

장내에 짙은 피비린내가 퍼져 나갔다.

뒤늦게 사내들의 몸에서 뿜어진 핏물과 왈칵 쏟아져서 길게 늘어진 내장이 감당하기 어려운 공포를 자아내고 있었다.

간발의 차이로 도끼의 서슬을 피해서 좌우로 흩어진 두 사내가 그 공포에 짓눌린 것처럼 꼼짝도 하지 못한 채 그대로 서서 경악과 불신에 찬 눈빛으로 공야무륵을 바라보았다.

공야무륵은 아무렇지도 않게 수중의 도끼로 그 두 사내를 번갈아서 가리키며 누런 이를 드러냈다.

"누가 살고, 누가 죽을래?"

사내들을 바라보는 공야무륵의 눈빛에는 사람을 죽인 자라면 마땅히 비추어야 할 혈광이 조금도 드러나 있지 않았다.

그는 마치 길을 가다가 바닥을 기는 벌레를 발견하고 재미로 밟아 죽인 아이처럼 천진난만해 보이는 눈빛을 하고 있었다.

그게 두 사내를 더욱 공포에 젖도록 만든 모양이었다.

두 사내는 대답 대신 기겁하며 뒤돌아서 뛰었다.

도주였다.

공야무륵이 정말 한심하다는 듯이 쳐다보며 앞으로 쏘아졌다.

그는 도주하던 한 사내를 대번에 추월해서 앞을 가로막으며 수중의 도끼를 휘둘렀다.

칵-!

섬뜩한 소음이 울리며 사내의 머리가 허공으로 떴다.

사내가 빠르게 달려가고 있었기 때문에, 그리고 공야무륵의 손 속이 너무나도 빨랐기 때문에 머리를 잘려 나간 사내의 몸은 그 사실도 모른 채 앞으로 한참을 더 달려가다 고꾸라졌다.

공야무륵은 그사이 벌써 반대편 측면으로 도주하는 사내의 뒷덜미를 손으로 잡아채고 있었다.

쿵-!

달려다가 뒷덜미가 잡힌 사내의 몸이 허공으로 떠서 두 발을 허우적거리며 등부터 바닥으로 처박혔다.

공야무륵은 그런 사내를 뒷덜미를 잡은 채 개처럼 질질 끌고 와서 설무백의 면전에 꿇어앉혔다.

사내가 필사적으로 소리쳤다.

"살려 주십시오! 뭐든 시키는 대로 다 하겠습니다!"

공야무륵이 나서기 직전에 하나는 살리라고 소리친 설무백의 지시는 과연 주효한 선견지명이었다.

태양신마가 전방에서 다가온 네 명의 사내를 일거에 태워 죽였기 때문이다.

설무백은 간발의 차이로 불타 버린 그들의 죽음을 확인하고 나서야 필사적으로 목숨을 구걸하며 머리를 조아리는 사내를 향해 물었다.

"명호는?"

자신이 유일한 생존자임을 아는 사내가 전신을 부들부들 떠는 와중에도 재빨리 대답했다.

"독각귀(獨角鬼) 궁소(弓少)입니다!"

"독각귀 궁소……?"

설무백은 절로 고개를 갸웃했다.

직접 본 적은 없지만, 귀에 익은 명호였고, 그 명호의 주인은 지금 이 자리에 이러고 있을 자가 아니었기 때문이다.

그는 미심쩍어하며 물었다.

"네가 노산삼귀(嶗山三鬼)의 하나인 독각귀라고?"

사내, 궁소가 자신의 명호가 설무백의 기분을 상하게 했다고 생각했는지 납작 엎드리며 말을 더듬었다.

"아, 예, 그, 그렇습니다!"

설무백은 어이없어하며 재차 추궁했다.

"너희들 노산삼귀는 녹림삼십육향(綠林三十六香)의 하나인 노산(嶗山) 거봉채(巨峰砦)의 소두목들이라고 알고 있는데, 대체 여기서 뭐 하고 있는 거야?"

보통 녹림맹으로 통칭하는 녹림도의 조직을 부를 때 흔히들 녹림십팔채라고 하지만, 사실은 녹림칠이채(綠林七十二砦)라는 것이 정확한 명칭이었다.

녹림맹은 소위 정예로 불리는 녹림십팔채와 그 뒤를 잇는 영향력을 가진 산채들인 녹림삼십육향 그리고 군소산채인 녹림십팔소(綠林十八巢)라는 칠십이 개 산채의 연합이기 때문이다.

"아, 예, 마, 맞습니다. 녹림삼십육향의 하나지요. 그러니까, 그게 어떻게 된 사연이냐면……!"

궁소가 진땀을 뻘뻘 흘리며 서둘러 설명했다.

"아직 잘 모르시는 모양인데, 얼마 전에 벌어진 사태로 인해 녹림맹의 사정이 아주 말도 아닙니다."

"어떻게 말도 아니라는 건데?"

"아시는지 모르겠지만……!"

"서두는 빼고 말하자 우리. 응?"

"아, 예! 그러니까, 녹림맹은 그간 녹림성회가 파토 날 정도로 내부의 알력이 심화된 상태였습니다. 그런데 녹림성회가 파토나자 녹림도 총표파자이신 산귀 어른이 녹림성회를 통한 재신임 받지 못한 상태라는 점이 크게 부각되면서 반목하는 세력이 늘어나고, 또 그 반목 세력 안에서도 반목이 일어나서는 여기저기서 마구잡이식의 싸움이 벌어지는 바람에 어지간한 산채들은 거의 다 풍비박산(風飛雹散)났습니다. 우리 거봉채는……!"

설무백은 주의를 주었음에도 궁소의 설명이 장황하게 길어지자 슬쩍 손을 들어서 말을 끊고 물었다.

"거봉채의 채주가 비천오공(飛天蜈蚣) 상태기(相太技)였지 아마?"

"예, 그렇습니다."

"그는 아니, 거봉채는 어느 쪽이었지?"

"산귀 어른을 따르기로 했죠. 채주와 소두목들의 회의에서 결정난 사안인데, 다음 날 반대파의 야습으로 산채가 무너졌습니다. 채주는 죽었는지 살았는지 오리무중이고, 대부분의 소두목은 당시 죽거나 뿔뿔이 흩어져서 도주하는 바람에 더는 산채의 내일을 기약할 수 없게 되었습니다."

"아무리 그래도 그렇지, 명색이 녹림맹 소속의 홍호자가, 그것도 소두목 출신이 현상금 사냥꾼 짓거리냐?"

궁소가 찔끔해서 자라목을 하며 기어들어 가는 목소리로 변명했다.

"목구멍이 포도청이라……."

설무백은 끌끌 혀를 차며 재차 다그쳤다.

"내 현상금 벽서는 어디서 구했어?"

"저기, 저자가……."

궁소가 앞서 공야무륵의 도끼에 머리가 떨어져 나가서 뒤쪽에 널브러진 사내의 죽음을 일별하며 대답했다.

"얼마 전 청사귀(靑蛇鬼) 등과 함께 산동성 북부인 미산부(微山府) 인근의 비림에 갔다가 인연을 맺은 귀견수(鬼見手) 채보(採譜)인데, 저자가 구해 왔습니다."

설부백은 절로 고개를 끄덕였다.

아까 뒤쪽에서 다가오는 기척을 감지했을 때, 유독 은밀하게 느껴지는 기척이 하나 있었는데, 그자의 정체가 귀견수 채보라면 수긍이 갔다.

귀견수 채보는 현상금을 노리는 황금 낭인이면서도 관동삼수(關東三手)의 하나로 꼽히는 권법의 대가이기 때문이다.

설무백은 이채로운 눈빛으로 은근슬쩍 공야무륵을 보았다.

늘 곁에서 보는 사람은 상대의 변화를 제대로 알지 못하는 법이라더니 과연 그런 것 같았다.

공야무륵의 무공은 어느새 관동에서 손꼽히는 권법의 대가를 고작 기세만으로 물러나게 만들 뿐만 아니라, 일격에 목을 베어 버릴 정도로 성장해 있었다.

"……이겁니다."

궁소가 품에서 꺼낸 문제의 벽서를 설무백에게 내밀었다.

설무백은 벽서의 내용을 확인하다가 본의 아니게 피식 웃었다.

얼마 전 확인한 바에 다르면 천사교에서 내건 그의 현상금은 은자 십만 냥이었는데, 지금 궁소가 내민 벽서에는 은자 오십만 냥으로 적혀 있었기 때문이다.

그의 현상금이 그사이 오른 것이다.

그때 어느새 곁으로 다가온 태양신마가 그의 손에 들린 현상금 벽서의 내용을 훑어보며 히죽 웃었다.

"이제 보니 중원에서 유명하다는 게 이쪽 방면으로 유명하다는 소리였군그래. 은자 오십만 냥의 현상금이라면 유명하다고 말해도 과언이 아니긴 하지."

설무백은 쓰게 웃으며 수중의 벽서를 와락 구겨서 산매진화로 태워 버리며 궁소를 향해 물었다.

"산귀 노야가 어디에 있는지는 아나?"

궁소가 바르르 떨 듯이 고개를 저으며 대답했다.

"일개 삼십육향의 소두목에 불과한 제가 그걸 어찌 알겠습니까. 고집스럽게 녹림총단을 버리지 않고 버틴다는 얘기를 듣기는 했는데, 오다 가다 들은 풍문이라 사실 여부는 전혀 모릅니다."

설무백은 고개를 끄덕이는 것으로 수긍하며 궁소를 풀어 주었다.

"알았다. 고생했다. 그만 가 봐라."

궁소가 정말인지 아닌지 모르겠다는 표정으로 눈치를 보며 슬금슬금 물러나다가 이내 쏜살같이 자리를 떠났다.

공야무륵이 그 모습을 일별하며 물었다.

"정말 그냥 보내 주는 겁니까?"

"응."

"주군을 노린 놈인데요?"

"소문 좀 내라고. 그래야 현상금이 아무리 높아도 저런 어중간한 애들이 나를 노리려고 하지 않을 테니까."

"아……!"

"그보다……."

설무백은 발길을 서두르며 말했다.

"아무래도 풍잔으로 돌아가는 건 잠시 뒤로 미루어야 할 것 같네."

공야무륵이 쪼르르 뒤를 따라붙으며 물었다.

"갑자기 무슨 일로……?"

설무백은 거두절미하고 짧게 대답했다.

"가뜩이나 늦은 일정이 더 늦어져서 제갈명에게는 조금 미안하지만, 내친김에 산귀 선배 좀 만나 보려고."

설무백은 말을 하고 나서야 태양신마와 검영의 존재를 의식하고는 그들을 돌아보며 재우쳐 물었다.

"괜찮죠? 괜찮지?"

영웅본색英雄本色 (6)

"누가 내 말을 하나? 왜 이리 귀가 가렵지?"

엄청난 손님이 방문했다는 전갈을 듣고 서둘러 객청으로 가던 제갈명은 정말 간지러운 귀를 참을 수가 없다는 듯 급히 정원수의 잔가지 하나를 끊어서 귀를 후볐다.

같이 가던 검노가 어이없다는 표정으로 눈총을 주며 타박했다.

"그냥 말이 아니라 욕이겠지."

"예?"

"귀가 간지러운 건 누가 네 욕을 하는 거라고. 갑자기 제체기가 나오면 누가 내 말을 하나보다 하는 거고. 대가리로 먹고사는 놈이 그것도 모르냐?"

제갈명이 억지로 재채기를 했다.

"에취!"

검노가 같잖다는 듯 쳐다보며 끌끌 혀를 찼다.

"별 꼴값을 다 떠네, 정말."

제갈명은 이제 자기도 못 참겠다는 듯 곱지 않은 시선으로 검노를 노려보며 따졌다.

"왜 그러세요? 왜 이렇게 삼십이 넘도록 시집 못 간 노처녀 처럼 사사건건 트집이고 짜증이세요? 대체 뭐가 그리 마뜩찮 으신 거예요?"

검노가 기다렸다는 듯이 눈을 부라리며 쏘아붙였다.

"지금 이 순간! 잘 자고 있는 사람을 억지로 깨워서 뜬금없이 호위를 해 달라며 데려가는 너! 아니, 무슨 아닌 밤중에 홍두깨 도 아니고, 내가 이 나이 먹도록 자다가 깨서 호위로 불려 나가 기는 오늘이 처음이다! 짜증 안 나게 생겼냐?"

"그거야……."

"그거야고 저거야고 간에, 어떤 잘난 손님인지는 모르겠지 만, 환 가와 천 가는 차치하고, 반천 애들과 예 가 녀석도 있고, 풍사나 일매가 나서도 충분하잖아. 광풍대 애들로는 부족하다 고 생각해서 이러는 모양인데, 하다못해 청소하는 아니, 이제 집사인가? 아무튼, 천살이나 지살, 금혼살을 부르거나, 그게 부족하면 문지기 위지건이 나서도 되는 일이고!"

"걱정 마세요. 쌍노야는 양가장에 가셨고, 반천 노 선배들은 예 호법과 함께 백사방에서 이칠, 양의 등과 술자리 중이라고 해서 배제했지만, 나머지 분들은 다 소집했으니까요."

"다 소집하긴 누구를 다 소집했다고…… 응?"

제갈명의 말을 무심결에 반박하던 검노는 뒤늦게 무슨 말인지 제대로 알아듣고 두 눈을 멀뚱거렸다.

"다 소집했다고?"

"예, 다 불렀습니다. 노야의 거처가 제 방과 가깝기도 하고, 또 노야를 깨우려는 사람이 없어서 제가 갔을 뿐이에요."

검노가 이제야 사태의 심각성을 깨달으며 물었다.

"대체 누구냐 손님이?"

제갈명이 귀를 후비던 나뭇가지를 내던지고 발길을 재촉하며 대답했다.

"녹림십팔채 중 천부채의 채주인 사검매유 분척과 요광채의 채주인 철각흉신 서진붕이라네요."

검노의 얼굴이 일그러졌다.

"그 자식들이라면 두목인 산귀에게 반기를 들고 산적 소굴을 갈라치기 한 산적 나부랭이들이잖아. 그 자식들이 풍잔을 왜 찾아왔다는 거야?"

"그거야 만나 보면 자연히 알게 되지 않겠어요?"

제갈명이 즉시 대답하고는 이내 쏘아붙이듯이 재우쳐 덧붙였다.

"그러니까, 조금 이따가 그들 앞에서는 절대 그런 소리하지 마세요. 산적 보고 산적이라고 하면 어쩝니까?"

"산적 보고 산적이라 한 것이 뭐가 어때서?"

"얼간이 보고 얼간이라고 하면 얼간이 기분이 어떻겠어요?"

"……."

"판을 깨도 용건은 듣고 나서 깨자고요. 용건을 듣기도 전에 판부터 깨지 말고요. 그럴 거면 차라리 그냥 목부터 따 버리세요. 주군께서 그걸 원할지는 모르겠지만, 척지고 원한만 맺어서 돌려보내는 것보다는 그게 백 배 낫지 싶네요."

검노가 머쓱하게 헛기침을 했다.

처음에는 눈을 부라리다가 제갈명의 입에서 설무백이 언급되자 그렇게 변해 버렸다.

"험, 알았다. 조심하마."

제갈명이 새삼 확인했다.

"정말 안 거죠?"

검노가 버럭 했다.

"아, 글쎄 알았다니까!"

"또 그러신다."

제갈명이 잘라 말했다.

"마음대로 하세요. 난 뭐 그냥 나중에 주군 오시면 그대로 보고하면 그만이니까."

검노가 잡아먹을 듯이 제갈명을 노려보며 입으로만 애써 웃으며 대답했다.

"알았어, 알았다고. 성질 안 부리고 용건부터 듣고, 그다음에도 가급적 네 의견을 따르면 되는 거지?"

"한 가지 더요."

"또 뭐?"

"지난 충격으로 인한 광장공포증(廣場恐怖症)이니 뭐니 하며 골방에 틀어박혀서 빈둥거리는 손지량 그 자식 좀 맡아 주세요."

"그 또라이를 내가?"

"당장은 아니더라도 언제고 나중에 시간 좀 내주세요. 주군께서는 타고난 무재라고 뭐라도 가르치라고 하는데, 정작 그자식은 몸 쓰는 일은 죽어도 하기 싫다고 버티니 정말 제가 미치겠습니다."

"우리 풍잔에 사람이 없어서?"

"말도 마세요. 그 자식이 어찌나 영민하게 빼질거리는지 다들 손 털고 물러났습니다. 일전에 환 노야가 맡았을 때, 얼마나 심하게 두들겨 팼는지 반쯤 죽은 그놈 살리느라 영내 의원들이 아주 초죽음된 거 아시잖아요."

"돌고 돌아서 나까지 왔다 이거네?"

"그런 셈이죠. 아무려나, 그 자식 빈둥거리는 게 벌써 이 년입니다. 이번에는 정말 주군 돌아오시기 전에 죽이든 살리든 양단간에 결정을 내야 합니다."

"젠장, 알았다. 죽이든 살리든 내 손에서 끝장을 내마."

"감사합니다!"

제갈명이 이제야 한시름 놓았다는 듯 흡족한 얼굴로 변해서 발걸음을 재촉했다.

　풍잔에는 예전과 달리 세 군데의 객청이 있는데, 그중에서 그들이 가는 장소는 대문과 가장 가까운 곳에 위치한 제일객청이었다.

　제일객청은 기존의 객청을 보수한 것으로 화려하진 않지만 넓은 마당을 가지고 있었는데, 제갈명과 검노가 도착했을 때, 바로 그 넓은 마당에는 낯선 사내들이 늘어서 있었다.

　하나같이 건장하고 험상궂게 생겨먹은 오십여 명의 사내들, 이른바 녹림십팔채의 두 곳인 천부채와 요광채의 산적들이었다.

　제갈명은 그것을 확신하면서도 별다른 내색을 하지 않았다.

　마치 시위하듯 늘어선 산적들이 있는 정원의 한쪽에는 빗자루를 든 금혼살이, 그리고 그 곁에 자리한 전각의 마루를 낀 처마 아래에는 천살과 지살이 구경꾼처럼 쪼그리고 앉아서 남몰래 눈에 불을 키고 있었고, 눈에는 보이지 않지만 풍사에게서 맹효에게로 이어진 호풍대주 이하 호풍대원들이 이미 제일객청의 사방을 에워싸고 있음을 느낄 수 있었기 때문이다.

　그러나 그런 상황과 무관하게 검노는 참지 않았다.

　"아니, 이것들이……!"

　검노는 바로 조금 전에 제갈명의 당부를 들었음에도 불구하고 객청의 마당에 제멋대로 늘어선 사내들을 보자마자 대번에 오만상을 찡그리며 두 팔을 걷어붙이고 있었다.

제갈명이 재빨리 풍잔의 요인들에게 늘 전가의 보도처럼 사용하는 설무백을 언급하며 검노의 소매를 당겼다.

"참으세요, 노야. 가급적 중원의 세력을 다치게 하지 말라는 주군의 엄명을 벌써 잊으셨어요?"

언제나 그렇듯 이번에도 통했다.

검노가 마지못한 표정이나마 애써 화를 누르며 제갈명의 이끌림에 따라왔다.

제갈명이 그렇듯 검노를 끌다시피 해서 들어간 제일객청의 대청에는 풍사와 사문지현 등 풍잔의 요인들이 일단의 사내들과 대치하듯 마주 서 있었다.

역시나 하나같이 장대한 체구를 가진 우락부락한 외모로 거친 성정을 드러낸 여섯 명의 사내들이었다.

산적들임이 분명한 마당의 사내들을 보고서도 혹시나 아니기를 바란 제갈명의 기대가 무산되었다.

제갈명은 그들, 여섯 사내의 선두에 나선 두 노인이 바로 천부채의 채주인 사검매유 분척과 요광채의 채주인 철각흉신 서진붕임을 첫눈에 알아보았던 것이다.

'역시 곱게 끝날 자리가 아니군.'

제일객청의 대청으로 들어선 제갈명의 첫인상은 그처럼 비관적이었다.

전갈을 받기 무섭게 서둘러 나왔으니 시간상으로 보면 얼마 되지 않은 잠시에 불과할 테지만 무거운 침묵 속에 서로를 응시하는, 그것도 버젓이 옆에 앉고도 남을 정도의 의자가 마련된 탁자가 있음에도 불구하고 굳이 서서 마주보며 대치하고 있는 풍사 등과 분척 등의 기세가 실로 예사롭지 않았기 때문이다.

다만 제갈명은 그런 감정에 휩싸여서 적잖게 마음이 무거워지는 와중에도 끝내 나서지 않고 기다려 준 풍사 등에게 고마운 마음이 들었다.

풍사 등은 얼마든지 완력을 행사할 수 있음에도 불구하고 풍잔의 모든 대소사를 군사인 그와 논의하라는 설무백의 지시를 지키며 그를 기다려 준 것이다.

제갈명은 실로 그게 고마워서라도 일말의 통보도 없이 갑작스럽게 방문한 분척 등을 곱게 상대하고 싶지 않았다.

제아무리 당분간 분쟁의 여지를 만들지 말라는 설무백의 지시가 있었다고는 하나, 이는 풍잔에 대한 녹림의 전횡을 막기 위해서라도 강하게 나갈 필요가 있었다.

'게다가 이들은 녹림도 총표파자인 산귀와 반목하는 자들이다! 엄밀히 따지면 녹림의 반도인 거다! 배후에 누가 더 있는지는 몰라도, 우리 풍잔으로서는 절대 꿀릴 것이 없다!'

제갈명은 마음을 다잡으며 우선 풍사 등에게 정중히 공수했다.

굳이 말하지 않아도 참고 기다려 준 그들의 배려에 대한 감사라는 것을 풍잔의 식구들은 능히 알 수 있을 터였다.

풍사 등이 슬쩍 뒤로 물러나서 그에게 자리를 내준 것이 바로 그 방증이었다.

제갈명은 거듭 목례를 취하고 나서야 풍사 등이 내준 자리로 나서며 분척 등을 향해 공수했다.

"풍잔의 청지기 노릇을 하는 제갈명입니다. 늦은 시간인데, 어디에서 무슨 일로 방문한 손님들이신지요?"

분척 등의 시선이 그제야 제갈명에게 고정되었다.

방금 전까지도 그들은 제갈명과 같이 들어온 검노를 주시하고 있었다.

검노의 풍모는 어디를 가도 그랬다.

굳이 위협하거나 분노하지 않아도 절로 위엄을 드러내는 압도적인 기상인 것이다.

그러나 정작 문제는 그와 같은 존재감의 차이가 아니었다.

상대들이, 바로 분척 등이 제갈명을 알아보았다는 것이 아니 어쩌면 알고 찾아왔다는 것이 문제였다.

앞에 나선 분척이나 서진붕의 입이 열리기도 전에 뒤쪽의 사내 하나가 말했다.

"제갈명? 설마 에전에 관북지방(關北地方)에서 사기를 치다가 관서지방(關西地方)으로 도주했다는 그 비취호리 제갈명?"

또 다른 사내가 말했다.

"에이, 그럴 리가 있나. 난주에서는 그래도 여기 풍잔이 가장

잘나간다는데, 그 따위 사기꾼을 드릴 리가 없잖아?"

"그런가? 동명이인인 건가?"

"동명이인치고는 어째 얼굴이 닮은 것 같기도 한데?"

사내들이 번갈아 떠드는데, 제갈명이 아무렇지도 않게 웃는 낯으로 끼어들었다.

"맞습니다. 잘 아시네요. 제가 그 비취호리 제갈명입니다. 어찌어찌 구르다 보니 여기까지 굴러왔네요."

사내들의 입이 닫혔다.

제갈명을 바라보는 분척과 서진붕이 의외라는 표정으로 제갈명을 바라보았다.

제갈명이 비취호리라서가 아니라 그 의연한 태도가 이채롭다는 기색이었다.

하지만 그것도 잠시, 이내 그들의 입가에 미소가 걸렸다.

못내 어이없다는 비웃음이었다.

"실망이군."

장신의 중늙은이인 분척이 쓰게 입맛을 다시더니, 대뜸 의자에 털썩 앉아서 두 다리를 탁자에 올려놓으며 투덜거렸다.

"제법 쓸 만한 곳이라는 소문을 듣고 왔는데, 애들 수준이 고작 이 정도면 헛걸음이 아닌가 싶네."

"그러게 말이야."

몸집이 크긴 하나 결코 비대하게 보이지는 않는 반백의 노인인 서진붕도 뒤따라 의자에 앉아서 거만하게 등을 기대며 맞장

구를 쳤다.

"아무래도 손을 잡는다는 계획은 취소하고 어떻게 쓸 만한 놈만 잘 추려서 데려가야 하겠는 걸?"

"그게 좋겠군."

분척이 동의하며 마치 정말로 쓸 만한 사람을 고르는 것처럼 장내를 둘러보았다. 아무리 봐도 눈곱만큼의 거리낌도 없어 보이는 행동이었는데, 실제로 그랬다.

'고작 비취호리 따위가 앞에 나서는 곳이라는 말이지?'

실로 이것이 분척의 속내였다.

대외적으로 제법 소리 없이 유명한 세력이라는 소문을 듣고 나선 까닭에 기대가 적지 않았는데, 이건 정말 실망스럽기 짝이 없었다.

소문은 어디까지나 소문일 뿐이고, 과장되기 마련이라더니, 정말 그런 것 같았다.

비취호리 제갈명 따위를 앞에 내세울 정도의 세력이라면 아무리 높게 평가해도 삼류를 벗어나기 어려운 것이다.

그때 검노가 피식 웃으며 슬쩍 발을 굴렀다.

쿵—!

묵직한 소음과 함께 대리석 바닥이 움푹 파이고, 지진을 만난 것처럼 벽이 진동하며 천장에서 우수수 흙가루가 쏟아져 내렸다.

분척과 서진붕이 반사적으로 자리에서 벌떡 일어났다.

하도 급하게 일어나다보니 탁자에 두 다리를 올리고 있던 분척은 하마터면 뒤로 자빠질 뻔했다.

그들의 뒤에 시립하고 있는 사내들의 반응도 실로 가관이었다.

분척 등과 마찬가지로 누가 그런 것인지 전혀 모른 채 반사적으로 자세를 낮추고 칼자루를 잡아가며 주변을 두리번거리는 그들의 모습은 마치 호랑이의 포효에 놀라서 경기를 일으킨 토끼들처럼 보였다.

장내의 분위기가 한순간에 바뀌었다.

분척 등을 제외한 장내의 모두가 소리 없이 웃고 있었다.

그런 와중에 멀찌감치 떨어져서 벽에 등을 기대고 있던 화사가 혀를 차며 비아냥거렸다.

"새가슴들 하고는……!"

못내 당황한 기색을 드러내던 분척과 서진붕이 안색을 싸늘하게 굳히며 두 눈을 희번덕거렸다.

분척이 화사를 노려보며 으르렁거렸다.

"뭐라고? 감히 어린년이 감히 겁대가리 없이……!"

제갈명은 절로 한숨을 내쉬었다.

화를 내는 분척 등의 태도가 가소롭다 못해 한심해서였다.

저들은 지금 자신들이 호굴에 들어와 있다는 것을, 호랑이 입안에 머리를 들이밀고 있다는 사실을 전혀 인지하지 못하고 있는 것이다.

그때 화사가 뚜벅뚜벅 앞으로 나서며 그를 바라보았다.

아니, 그녀만이 아니라 검노와 풍사, 천타 등도 벌써부터 그에게 시선을 고정하고 있었다.

저마다 허락을 요구하는 것인데, 모습을 드러내지 않고 있는 사람들에게서도 그와 같은 요구가 들려왔다.

－처리할까?

－처리하지?

암중에서 장내를 지켜보고 있던 잔월과 사사무의 질문이었다. 그야말로 다들 사과를 한입 베어 물고 싶은 아이들처럼 분척과 서진붕 등을 향해 군침을 흘리고 있는 것이다.

"안 됩니다!"

제갈명은 두 손으로 탁자를 치며 단호하게 잘라 말했다.

"주군께서 흑백도를 막론하고 중원의 전력은 가급적 보존해 두는 것이 좋다고 하셨습니다!"

화사가 어쩔 수 없다는 듯 물러났다.

검노와 풍사 등도 제갈명의 시선을 피해서 딴청을 부리며 아쉽다는 표정으로 입맛을 다셨고, 암중의 잔월과 사사무도 조용히 침묵했다.

다만 작금의 진실을 전혀 알지 못하는 분척과 서진붕 등은 제갈명을 향해서 두 눈을 부릅뜨며 가당치 않은 분노를 잔뜩 드러냈다.

"하! 아니, 이건 또 무슨 개소리야? 너부터 죽고 싶다는 소리냐?"

제갈명은 거듭 한숨을 내쉬며 사정하듯 말했다.

"그러지 말고 진정하시죠? 괜히 그러다 죽는 수가 있습니다."

"아니, 저 새끼가……!"

정작 분척과 서진붕은 무언가 수상쩍은 느낌을 받은 것인지 예리하게 좁혀진 눈으로 제갈명을 쳐다보고만 있었으나, 뒤쪽의 사내 하나가 발끈해서 칼을 뽑아 들었다.

순간!

휘릭—!

한줄기 바람이 날아와서 사내의 목을 스치고 돌아갔다.

그 뒤로 화사가 변명 아닌 변명이 들려왔다.

"저런 싸가지 없는 놈은 괜찮죠?"

화사의 목소리가 장내를 가로지르는 순간과 동시에 갑자기 칼을 뽑아 든 채 그림처럼 굳어졌던 사내의 머리가 옆으로 기울어져서 바닥으로 떨어졌다.

화사가 펼친 절정의 암기술이었다.

최강의 절대 암기 비환에 베어진 사내의 목은 머리가 떨어지고도 잠시 뜸을 들이다가 핏줄기를 뿜어냈다.

장내가 찬물을 끼얹은 것처럼 조용해졌다.

워낙 졸지에 벌어진 일이라 화사의 암기술을 아는 사람들도, 모르는 사람도 다 같이 놀라고 얼떨떨해진 상태로 침묵하는 상황인 것인데, 사내 하나가 정신을 차린 듯 허겁지겁 칼을 뽑았다.

그래서 그 사내도 죽었다.

사내가 의지를 가지고 행동한 것인지 아니면 무의식중에 그저 반사적으로 취한 행동인지는 모르겠으나, 검노가 용납하지 않았기 때문이다.

서걱―!

섬광이 명멸하며 섬뜩한 소음이 울렸다.

간발의 차이를 두고 두 번째로 칼을 뽑아 든 사내의 머리가 스르르 사선으로 미끄러지다가 바닥으로 떨어져 굴렀다.

뒤늦게 피를 뿜어내는 몸뚱이가 썩은 나무처럼 옆으로 쓰러지는 가운데, 검노의 변명이 이어졌다.

"칼을 뽑았으니 죽어도 싸!"

분척과 서진붕의 눈빛이 크게 흔들렸다.

이제야 말로 지금 이 자리가 감당하기 어려운 용담호굴이라는 것을 어느 정도 깨달은 눈치였다.

하지만 아직도 전적으로 확신하는 것 같지는 않았다.

단번에 그것을 인정해 버리기에는 그들이 가진 위치나 실력에 대한 자부심이 너무나도 높은 것이다.

제갈명은 대번에 그것을 간파하고는 두 손으로 탁자를 잡고 얼굴을 가까이 들이밀며 사정하듯 말했다.

"그러지 마세요! 그러면 죽는 수가 있다고 했잖습니까! 그 말에는 두 분도 예외가 아닌 겁니다! 그냥 가만히만 있으면 되는 일인데, 그게 그렇게 어렵습니까?"

분척과 서진붕이 은연중에 슬며시 칼자루로 가던 손을 멈추었다. 아직도 여전히 반신반의하는 기색이긴 했으나, 본능적으로 이건 아니다 싶은 감정은 느껴지는 모양이었다.

제갈명은 그제야 한시름 놓은 표정으로 웃으며 그들에게 자리를 권했다.

"두 분이 누군지 이미 다 아는 처지니까 소개는 됐고요, 일단 앉으세요. 대체 이 시간에 스스로들 중원의 변방이라고 무시하는 여기까지 무슨 일로 찾아왔는지 어디 한번 진지하게 들어 보도록 하지요."

분척과 서진붕은 순순히 제갈명이 권하는 자리에 앉았다.

두렵다거나 하는 공포 때문에 선택한 것은 아니었다.

전혀 이득이 없는 싸움을 하고 싶지 않을 뿐이었다.

그들, 두 사람은 손을 잡은 한편이면서도 서로를 경계해야 하는 다른 속내를 가지고 있기에 더욱 그럴 수밖에 없었다.

그렇게 그들의 대화가 시작되었다.

같은 시간.

설무백은 정주에서 낙양으로 가는 길목에 자리한 소도시인

공의부(鞏義府)의 성내로 들어갔다.

그리고 무조건 가장 번화한 저잣거리를 물어서 찾아갔고, 거기 초입에 자리한 다점(茶店)의 대문 귀퉁이에 모종의 표시 하나를 남겨 놓고 안으로 들어가서 차를 마셨다.

태양신마는 아닌 밤중에 홍두깨라고 갑자기 이게 대체 무슨 짓거리인가 하는 마음이었으나, 이내 사정을 알게 되었다.

일행들이 마시는 차가 식기도 전에 일찍이 고생을 많이 한 듯 민머리 중년인 하나가 그들의 곁으로 다가와서 쭈뼛거리며 설무백의 눈치를 보았다.

설무백은 잠시 알게 모르게 민머리 중년인의 용모를 살피다가 이내 활짝 웃는 낯으로 말했다.

"괜찮아. 다들 알아도 별반 문제없는 사람들이니까."

민머리 중년인이 그제야 반색하고는 주변에 다른 사람이 있음을 확인하고는 곁의 의자에 앉으며 은근슬쩍 목례를 취했다.

"오문(五門)의 황결제자(黃結弟子) 하일기(賀—驥)가 용군을 뵙습니다. 이목이 있어 예의를 차리지 못함을 용서해 주십시오."

그랬다.

설무백이 다점의 대문에 남긴 모종의 표시는 바로 하오문의 살아 있는 전설인 용군이 주변의 제자를 호출하는 흑화(黑話 : 암호)였던 것이다.

설무백은 신경 쓰지 말라는 뜻으로 고개를 끄덕이고 나서 곧바로 용건을 꺼냈다.

"녹림도 총표파자인 용군의 위치를 알고 싶은데, 얼마나 걸리겠어?"

하일기가 바로 대답했다.

"서두르면 늦어도 한 시진 안에 가능할 것 같습니다."

"그럼 부탁해."

"옙! 그럼 다녀오겠습니다!"

하일기가 지체 없이 일어나서 사라졌다.

태양신마가 그제야 울지도 웃지도 못하겠다는 표정으로 삐딱하게 설무백을 쳐다보며 물었다.

"오문이면…… 하오문?"

설무백은 무심히 어깨를 으쓱이는 것으로 인정했다.

태양신마가 어이없고 기가 막힌다는 듯 실소하며 말했다.

"하여간 젊은 놈이 여기저기 사방에 빨대 무지하게 꽂아 놨구먼!"

설무백은 그냥 웃어넘기고 차를 마시며 시간을 보냈다.

평소 내색은 삼갔어도 본디 차를 좋아하는 편이라 전혀 지루하지 않았다.

지루할 시간도 없었다.

늦어도 한 시진이라며 돌아갔던 하일기가 반 시진도 채우지 않고 돌아와서 보고했기 때문이다.

"산귀는 측근들과 함께 안휘성의 북부 끝자락에 자리한 탕산(碭山)의 개양채(開楊砦)에 웅거하고 있답니다. 개양채는 서쪽과

북쪽, 남쪽으로 하남성과 산동성, 강소성이 둘러싸고 있어서 전부터 달리 사각보(四角堡)라고 불리는 녹림십팔채의 하나인데, 바로 산귀의 출생 산채입니다."

영웅본색英雄本色 (7)

"풍잔의 주인이 너냐?"

"잘 아시면서 그런 소리를, 당연히 아니죠. 저는 단지 주군을 대신해서 이 자리에 앉았을 뿐입니다."

"그럼 네가 모시는 풍잔의 주인을 불러라. 우리가 여기 온 이유는 그를 만나기 위해서지 대리인에 불과한 너 따위를 만나기 위해서가 아니다."

"주군을 대신해서 이 자리에 앉았다고 했습니다. 그건 주군께서 지금 부재중이시라는 뜻이고, 적어도 이 자리에서는 제가 주군의 권한을 행사할 수 있다는 의미입니다. 혹시 일부러 실수하시는 겁니까, 아니면 그냥 머리가 나쁘신 겁니까?"

사검매유 분척의 안색이 썩은 대춧빛으로 물들었다.

"뭐, 뭐라고?"

제갈명은 상관하지 않고 덧붙여 말했다.

"내친김에 한 말씀 더 드리자면, 예의를 지켜 주시기 바랍니다. 제가 주군을 대신하는 입장이다 보니, 이놈 저놈 소리를 듣는 게 제가 아니라 주군을 두고 그러는 것처럼 들려서 영 거북하네요."

꽝—!

분척은 더 이상 참을 수 없다는 듯 제갈명을 노려보며 두 손으로 탁자를 거세게 내려치며 자리를 박차고 일어났다.

"이놈이 정말 보자보자 하니까, 누굴 바보 멍청이 호구로 보나……!"

일시에 사태가 험악해지는 그 순간, 서진붕이 분척을 말렸다.

"틀린 말은 아니지 않나. 명색이 우리가 손님인데 주인에게 예의는 지켜야지."

슬쩍 손을 내밀어서 탁자를 두드린 분척의 한손을 지그시 누른 서진붕이 지그시 제갈명을 바라보며 재우쳐 물었다.

"귀하가 여기 주인을 대리해서 이 자리에 앉아 있는 거라면 어느 정도나 대리하는 거요? 생사 여탈권에 준하는 전권이오?"

제갈명은 분노를 터트리는 분척의 태도에도 별다른 기색 없이 그대로 가만히 앉아 있다가 서진붕의 질문을 듣고는 태연히 웃으며 대꾸했다.

"우리 풍잔의 생사 여탈권은 오직 주군만 가지고 있습니다. 제가 대리하는 건 그 외의 것입니다. 게다가 우리 풍잔은 주군 마저도 독단을 저어하는 분이시라, 저 역시 중요한 결정은 지금 이 자리에 동석하신 분들과 협의를 해야만 합니다. 그게 우리 풍잔의 방식입니다."

서진붕이 묵묵히 고개를 끄덕이며 분척를 응시했다.

마지못한 표정으로 슬며시 자리에 앉은 분척이 그의 눈빛이 전하는 의도를 읽은 것처럼 분노를 거두고 적잖게 냉정해진 기색으로 제갈명을 바라보며 사과했다.

"조금 전의 무례는 너그럽게 이해해 주시오. 내가 본디 이게 아니다 싶으면 울컥 하는 좋지 않은 버릇이 있어서 말이오."

제갈명는 입으로만 웃으며 대꾸했다.

"좋지 않은 버릇이면 고쳐야지요. 고치세요. 그걸 알면서도 고치지 못하면 어디를 가도 인품을 의심받게 됩니다."

분척이 입을 다문 채 지그시 제갈명을 노려보다가 이내 빙그 레 웃으며 대답했다.

"알겠소. 어디 한번 최선을 다해서 고쳐 보도록 하겠소."

그러고는 곧바로 정색하며 말문을 돌렸다.

"그건 그렇고, 이제 귀하가 여기 주군을 대신한다는 말을 믿고 우리가 풍잔을 방문한 용건을 밝히겠소. 단도직입적으로 말해서 우리는 여기 풍잔의 주인이 난주의 대부격인 실세라는 얘기를 듣고 손을 잡기 위해서 왔소."

제갈명은 시큰둥하게 물었다.

"분 채주께서 말하는 우리는 누구를 말하는 겁니까?"

분척이 거만하게 턱을 내밀며 대답했다.

"우리 천부채와 여기 서 채주의 요광채, 구음마수(九陰魔手) 백(伯) 채주의 천권채(天權채), 그리고 칠면염라(漆面閻羅) 양(楊) 채주의 옥형채(玉衡채)를 말하는 거요."

"두 분이 보이지 않는 걸요?"

"그들은 모종의 일로 인해 같이 오지 못했소."

"그렇군요."

제갈명이 수긍하며 재우쳐 물었다.

"그럼 무엇을 위해서 손을 잡자는 거죠?"

분척이 힘주어 대답했다.

"녹림맹을 손에 놓고, 무림맹, 흑도천상회와 더불어 무림을 삼분하기 위함이요. 우리와 의기투합한다면 풍잔은 머지않아 중원으로 진출할 수 있다는 얘기요."

제갈명은 사뭇 곤란하다는 표정으로 인상을 찌푸리며 말을 받았다.

"이런, 이걸 어쩌죠? 우리 주군께서는 중원 진출 따위는 전혀 바라지도 않는 분이시라서 말이죠. 목적이 고작 그게 다라면 우리가 손을 잡을 이유는 전혀 없을 것 같네요."

분척은 그 자신이 밝힌 것처럼 확실히 시시때때로 감정을 참지 못하고 울컥하는 성질인 것 같았다.

제갈명의 입에서 '고작'이라는 말이 나오기 무섭게 두 눈을 치켜뜨며 분노한 기색을 드러냈다.

제갈명은 그러거나 말거나 비웃는 낯으로 말을 더했다.

그는 애초에 분척의 기분을 맞추어 줄 생각이 전혀 없었다.

"쟁패(爭霸)는 고사하고, 고작 중원을 삼분하자고 우리와 손을 잡자니, 너무 심한 거 아닙니까? 솔직히 말해서 그 얘기는 창피해서라도 우리 주군께 입도 벙긋하지 못할 것 같습니다. 하니 이 자리는 없던 것으로 하고, 이만……!"

"그럼 쟁패로 하지!"

분척이 오기를 부리는 것처럼 단호하게 잘라 말했다.

"중원 쟁패를 위해서 손을 잡는 것으로!"

제갈명은 삐딱하게 바라보며 확인했다.

"진심이십니까?"

분척이 코웃음을 치며 대답했다.

"무릇 시선은 목표보다 현실부터 보고 따지는 것이 도리라고 생각해서 삼분이라고 말했을 뿐, 애초에 우리의 목표도 천하 쟁패였소. 어떻소? 이제 됐소?"

제갈명은 얄밉도록 냉정하게 웃으며 고개를 저었다.

"아니죠. 사실이 그렇다면 이제 증명을 해 주셔야죠. 그쪽 분들이 과연 그럴 만한 능력을 가졌는지 말입니다."

분척이 황당해했다.

"지금 우리에게 중원 쟁패를 목표로 풍잔과 손을 잡을 수 있는 자격이 있는지를 증명해 보이라는 건가?"

제갈명은 태연하게 인정했다.

"예, 바로 그겁니다. 아무리 봐도 제 눈에는 전혀 그런 것 같지 않아서 말입니다. 내친김에 하는 말입니다만, 저는 분 채주님께서 살아계신다는 사실을 오늘에야 보고 알았습니다. 일전에 천사교가 량산의 천부채를 기습한 사건 이후, 솔직히 저는 실종이 아니라 사망이라고 생각했었거든요."

산동성 서북부 량산에 자리한 천부채가 천사교의 기습으로 말미암아 일패도지(一敗塗地)하고, 막대한 상처를 입고 도주한 채주 사검매유 분척이 행방불명되었다는 것은 이제 굳이 강호인의 무인이 아니더라도 세상 사람들이 다 아는 사실인 것이다.

분척이 으드득 소리가 나게 이를 갈았다.

"네가 기어코 선을 넘는구나!"

"선을 넘긴 대체 뭐가 선을 넘었다는 게야!"

검노가 매섭게 일갈하며 나서서 분연히 자리를 떨치고 일어나는 분척의 기세를 무지막지하다고 말할 수박에 없는 엄청난 위압감으로 단번에 짓눌러 버렸다.

분척이 실로 자신의 의지와 무관하게 벌어진 일이라는 황당한 표정을 지으며 자리에 주저앉았다.

검노가 얼굴을 내밀어서 그런 그의 시선을 마주하며 싸늘하게 쏘아붙였다.

"상대의 종잣돈도 확인하지 않고 동업을 하라는 소리냐? 아니면 너희들이 원하면 우리 풍잔은 싫든 좋든 무조건 얼씨구나 하고 넙죽 받아 주어야 한다는 거냐? 우리 풍잔이 그리 어리숙해 보여?"

분척은 꼼짝도 하지 않고 검노의 시선을 마주했다.

그는 검노가 뿜어내는 막강한 기세에 완전히 압도당해 있었다.

검노가 그와 상관없이 순간적으로 뽑아낸 검을 탁자에 올려놓으며 계속 말했다.

"그래도 명색이 무인인데 원숭이처럼 혼자서 춤을 춰 보라고 강요하는 건 도리가 아니니, 이렇게 하지. 먼저 검을 잡는 사람이 상대를 베는 거다. 물론 늦어서 검을 잡지 못한 사람은 피해야겠지. 즉, 우리 같이 서로의 능력을 시험해 보는 거다. 그러다 재수 없게 죽으면 그냥 그게 인생이거니 하면 되는 거고. 어때? 괜찮은 방법이지?"

대답은 없었다.

분척은 그저 잔뜩 긴장한 모습으로 마른침을 삼키고 있었다.

검노는 그에 아랑곳하지 않고 그런 분척과 그 옆에서 같이 긴장하고 있는 서진붕을 번갈아 보며 누런 이를 드러냈다.

"누가 할래? 아니, 그러지 말고 그냥 우리 다 같이하자. 내가 손님 대접하는 것으로 하지. 알았지? 참고로 충고하는데, 피할 생각 말고 그냥 참가해라. 나는 이미 그러기로 마음먹었고, 마음먹은 이상 너희들이 그만두자고 해서 그만둘 사람이 절대 아니니까. 자, 그럼 시작!"

긴장감이 비등했다.

장내의 공기가 삽시간에 폭풍전야의 바다처럼 무겁게 가라앉았다.

검노는 그와 같은 분위기를 즐기듯 얼굴로 분척과 서진붕의 얼굴을 번갈아 보며 빙글거렸다.

분척과 서진붕이 터질 듯한 장내의 긴장감에 짓눌린 것처럼 눈 한 번 깜짝하지 못한 채 검노만 주시하고 있었다.

간헐적으로 혀만 날름거려서 메마른 입술만 적시는 그들의 모습은 먼저 움직일 수도 없고, 그렇다고 먼저 움직이지 않을 수도 없는 모순된 감정이 전신을 지배하는 사람들처럼 보였다.

그러나 이유 여하를 막론하고 그들은 선택해야 했다.

그들의 입장에서는 정체 모를 고인인 검노의 예리한 눈빛에는 너희들이 선택하지 않으면 내가 선택하겠다는 노골적인 의지가 드러나 있었기 때문이다.

결국 그들은 선택했다.

다만 그들 중 하나의 선택은 장내에 있는 그 누구에게도 참으로 어처구니가 없는 일이 아닐 수 없었다.

분척의 선택이 그랬다.

슷-!

눈 깜짝할 사이를 반으로 쪼갠 것 같은 찰나의 순간에 그들, 분척과 서진붕의 손이 움직였다.

그런데 탁자의 검을 향해 뻗어진 서진붕의 손과 달리 분척의 손은 그런 서진붕의 등을 밀치고 있었다.

"……!"

서진붕의 얼굴이 경악과 불신으로 일그러지는 순간에 분척의 신형은 뒤로 빠지고 있었다.

애초에 서진붕을 희생시키기로 작심하지 않았다면 절대 그럴 수 없을 정도로 기민한 반응이었다.

"헉!"

서진붕은 절로 헛바람을 삼켰다.

어지간한 일에도 눈 하나 깜박하지 않는 그였으나, 이번에는 어쩔 수 없었다.

분척이 이런 식으로 배신할 줄은 상상도 하지 못한데다가, 잡아채려던 탁자의 검마저 그의 눈앞에서 감쪽같이 사라져 버린 까닭이다.

검노가 그보다 늦게 움직였음에도 불구하고 먼저 검을 잡아채간 것이다.

"아……!"

서진붕은 허탈한 마음에 그대로 넋을 놓았다.

검을 쳐든 검노의 모습이 그의 시야로 빠르게 확대되고 있었다.

이건 그가 그 어떤 용빼는 재주를 가졌어도 절대로 피할 수 없는 속도였다.

그러나 검노의 검은 그를 노리지 않았다.

"내가 누구 하나는 이럴 줄 알았다."

검노는 분척이 등을 밀치는 바람에 앞으로 고개를 숙인, 그래서 목을 치기에는 더 없이 좋은 자세인 서진붕을 무시하고 뒤로 빠진 분척에게 쏘아져 갔다.

분척은 그때 뒤쪽의 창문을 통해 밖으로 나가려다가 느닷없이 면전에 나타난 검은 그림자에 놀라서 멈추며 엉덩방아를 찧고 있었다.

그런데 그 순간이 참으로 절묘하기 짝이 없었다.

검노는 애초에 그를 죽일 생각까지는 없었고, 돌아가는 상황이 흥미로워서라도 적당히 팔 하나 정도의 징계만으로 생포해서 내막을 캐 볼 마음을 먹었다.

하지만 한순간에 그럴 수가 없게 되었다.

하필이면 화들짝 놀라서 갑작스럽게 멈추고 상체를 비틀며 엉덩방아를 찧은 분척의 목이 팔을 노리고 휘두른 그의 검날에 걸려 버렸던 것이다.

"컥!"

분척이 두 손으로 목을 부여잡고 쓰러졌다.

본능처럼 목에서 흐르는 핏물을 막은 것이지만, 그래서 멈출 핏물이 아니었다.

목이 절반이 베어진 까닭이었다.

분척은 자신이 죽는다는 것을 직감한 듯 이내 목을 감싸던 두 손으로 허공을 허우적거리다가 스르르 늘어졌다.

"……."

검노는 이건 정말 자신이 바라는 일이 아니라는 표정으로 머쓱하게 턱을 긁적이며 갑자기 나타나서 분척의 앞을 막아섰던 검은 그림자를, 바로 사사무를 노려보았다.

사사무는 자신 역시 이건 예상하지 못한 일이라는 듯 뒷머리를 긁적이며 검노의 시선을 회피했다.

그때 누군가 화들짝 놀라며 말했다.

"뭐야, 저거? 저놈 저거 분척이 아니잖아!"

분척의 얼굴이 빠르게 다른 사람의 얼굴로 변해 버렸다.

체격도 본래의 모습보다 한결 쪼그라들었다.

누군지는 모르지만, 내공의 힘으로 뼈마디의 구조를 바꾸고 근육을 수축, 이완시켜서 얼굴과 체형을 정교하게 변화시키는 고도의 변체환용술로 분척 노릇을 하던 누군가가 죽음과 동시에 본래의 모습으로 돌아간 것이다.

제갈명이 잠시 가짜 분척의 주검을 살피고 나서 도무지 어이없고 황당해서 못살겠다는 표정으로 서 있는 서진붕을 향해 웃는 낯으로 말했다.

"이거 아무래도 얘기가 크게 달라지는 걸요? 어떻습니까? 어디 한번 저와 진지한 대화 좀 나눠 볼 의향이 있습니까?"

서진붕이 제갈명과 검노를 시작으로 장내의 면면을 한차례 둘러보고 나서 긴 한숨과 함께 자리에 앉으며 대답했다.

"아무래도 내게는 선택의 여지가 없는 것 같으니, 그럽시다."

의도치 않게 시작된 그들의 대화는 역시나 의도치 않게 새벽을 너머서 아침이 밝아서야 끝났다.

그리고 그 마지막 말은 서진붕의 단호한 각오였다.

"알겠소! 최대한 알아보고, 만일 그게 사실이라면 내 기꺼이 풍잔의 밀정이 되리다!"

유유상종(類類相從)이니, 물이유취(物以類聚)니 하는 말들이 있다. 끼리끼리 논다는 말이다.

근묵자흑 (近墨者黑)이니, 근주자적(近朱者赤)이니 하는 말들도 있다.

먹을 가까이 하면 검어지고, 붉은빛에 가까이 하면 붉게 변한다는 말이다.

이는 공히 좋은 사람들과 어울리면 좋은 버릇에 물드는 법이며, 나쁜 사람을 가까이 하면 나쁜 버릇에 물들게 됨을 이르는 말로, 주위 환경이 사람에게 얼마나 중요한지를 대변하는 금언(金言)들이다.

그리고 그에 준해서 뭐 눈에는 뭐만 보인다는 식으로, 보통의 경우 대부분의 사람들은 자신과 같은 부류의 사람들만 보게 되고, 역으로 동질의 사람들의 눈에만 띄게 마련이다.

천외천의
주인

같은 부류의 사람은 딱히 의식하지 않아도 서로가 서로를 어렵지 않게 알아보는 것인데, 무림인은 특히나 그렇다.

제아무리 티가 나지 않고, 티를 내지 않아도 마치 본능적으로 혹은 직감적으로 무림인은 같은 무림인을 쉽게 알아보는 것이다.

그러나 아쉽게도 쉽게 알아볼 뿐이지 역량까지는 파악하지 못한다.

우습지 않게도 그로 인해 여기서 다시 끼리끼리 논다는 유유상종과 물이유취 따위의 금언이 통용된다.

쉽게 말해서 같은 무림인이라도 지닌 바의 격에 따라서 아는 사람만 아는 그들만의 세계가 따로 있다는 뜻이다.

그래서였다.

흑포사신을 거쳐 사신이라는 별호를 얻은 설무백은 작금의 강호 무림에서 손꼽힐 정도로 유명한 고수이지만, 정작 그를 아는 사람은 드물었다.

사신이라는 별호는 알아도 설무백이라는 이름은 모르는 경우가 허다해서, 소위 아는 사람만 아는, 실로 고수들 사이에서만 유명한 고수의 전범이 바로 그인 것이다.

그러니 하오문의 정보로 녹림도 총표파자 산귀의 거처가 안휘성 북부 끝자락에 위치한 탕산에 있다는 것을 알아낸 설무백이 어쩔 수 없이 왔던 길을 거슬러 간 지 불과 한나절도 지나지 않아서, 그것도 백주대낮에 새로운 황금 낭인들과 마주친 것은 우연이 아니라 필연일 터였다.

"맞지?"

"맞는 것 같네."

"백발은 아니지 않나?"

"머리가 백발이라는 말은 없지만, 생긴 게 같잖아."

"그렇긴 하군."

설무백은 앞을 가로막은 채 아무렇지도 않게 현상금 벽서를 꺼내들고서 자신과 비교하며 두런두런 대화를 나누는 다섯 사내를 바라보며 절로 한숨을 내쉬었다.

"너 정말 너무 이상하게 유명한 거 아니냐?"

태양신마가 그런 그의 곁으로 다가서며 놀리듯 빙글거리는 가운데, 공야무륵이 언제나처럼 무심하게 도끼를 뽑아 들었다.

"죽일까요?"

설무백은 단호하게 고개를 저었다.

"아무래도 죽이는 것만이 능사가 아닌 것 같다. 이제부터 다 죽이지 말고 반만 죽여 놔."

공야무륵이 선뜻 이해를 못하고 앞을 막아선 사내들을 훑어보며 물었다.

"반만, 그러니까 저 여덟 명 중에서 세 명만 죽이라는 거죠?"

"아니, 전부 다 반만 죽여 놓으라고. 한 놈, 한 놈을 반씩만. 아니, 그냥 입만 살려 놔도 돼. 어렵게 살아서 돌아가야 시끄럽게 떠들 테고, 그래야 소문이 빨리 나서 이런 어정쩡한 애들이 절대 얼씬도 못할 테니까."

"아, 그런 거였습니까!"

공야무륵이 이제야 이해한 듯 반색하고 앞으로 나서며 대답했다.

"옙! 알겠습니다!"

알게 모르게 설무백의 눈치를 보고 있던 일륜회의 거구 무몽이 앞으로 나서는 공야무륵을 응시하는 채로 태양신마 쪽으로 고개를 기울이며 넌지시 물었다.

"도와야 하는 거 아닙니까?"

태양신마가 문득 한숨을 내쉬고는 불쑥 반문했다.

"네 눈에는 쟤가 너보다 못한 것 같지?"

"아니, 뭐 그렇다기보다는…….''

무몽이 애써 굳이 수긍하지 않으면서도 당연한 것을 다 묻는다는 식의 태도로 말을 얼버무렸다.

태양신마가 끌끌 혀를 차며 그런 그에게 면박을 주었다.

"조용히 입 닥치고 구경이나 할래?"

무몽도 눈치가 아주 없지는 않은지 재빨리 정색하고 대답하며 뒤로 물러났다.

"옙!"

그때 현상금 벽서를 꺼내 들고 옹기종기 모여서 머리를 맞댄 채 설무백과 비교하던 여덟 사내가 아무렇지도 않게 성큼성큼 다가가는 공야무륵을 쳐다보며 비웃었다.

"뭐야, 저놈?"

"벽서에도 없는 잡종이 왜 저래?"

"그건 알아서 뭐 해. 그냥 세상 살기 싫어졌나 보지."

"세상 살기 싫다면 죽여 줘야지. 죽은 사람 소원도 들어준다
는데 산 사람 소원을 외면하면 어디 쓰나."

"그런가? 근데, 쟤 어째 어디서 들어 본 행색 같지 않냐?"

"누구? 도끼 저 녀석?"

"응."

"난 잘 모르겠는데?"

"그래? 그럼 내가 착각하나 보네."

사내들은 무심해서 더욱 삭막해 보이는 모습으로 다가서는
공야무륵을 보면서도 아무렇지도 않게 수다를 떨었다.

사실 그들에겐 나름 그럴 만한 이유가 있었다.

설무백 등에 눈에는 우습게 보일지 몰라도 그들은 명색이 태
생적으로 뭉치거나 어딘가에 소속되는 것을 싫어하는 까닭에
낭인시장에서 몇 되지 않는 황금 낭인들의 결사(結社) 중 하나인
칠금회(七禽會) 소속의 낭인들이었기 때문이다.

공야무륵은 그러거나 말거나 전혀 상관하지 않고 다가가는
와중에 수중의 도끼를 아래로 늘어트리며 물었다.

"누구부터 죽고 싶나? 아니, 그러니까 누가 먼저 반만 죽을
래?"

사내 하나가 같잖다는 듯 코웃음을 쳤다.

"병신이네 저거? 너 지금 이게 어떤 상황인지 전혀 감이 안오지?"

지금 이게 어떤 상황인지 전혀 감을 잡지 못하는 것은 공야무륵이 아니라 바로 그였고, 그들이었다.

"너구나?"

공야무륵이 심드렁하게 한마디 하고는 사내의 면전으로 뛰어들고, 동시에 수직으로 내려진 도끼가 사내의 어깨를 찍었다.

사내로서는 뻔히 두 눈으로 보면서도 막지도, 피하지도 못하는 일격이었다.

쩍—!

마른 장작이 부서지는 듯한 소음이 터지며 사내의 한쪽 팔이 어깨에서부터 반듯하게 잘려 나갔다.

사내가 마치 남의 일처럼 멀거니 서서 바닥에 떨어져서 꿈틀거리는 자신의 팔을 쳐다보다가 뒤늦게 터진 피를 보고서야 비명을 내지르며 쓰려져서 바닥을 데굴데굴 굴렀다.

"으아악!"

다른 사내들이 본능처럼 동시에 한 걸음씩 물러났다.

이제야 사태의 심각성을 깨달은 것처럼 저마다 무기를 뽑아 드는데, 그중 한 사내가 제일 빠르게 뽑아 든 검으로 공야무륵을 찔렀다.

제법 빠른 반격이었다.

그러나 공야무륵의 눈에는 애들 장난처럼 우스운 수준이었다.

공야무륵은 면전으로 찔러 드는 사내의 검극 아래로 파고들며 아래로 내렸던 도끼를 위로 걷어 올렸다.

촤악-!

검을 뻗어 냈던 사내가 팔이 겨드랑이에서부터 썩둑 잘라져서 검과 함께 저 멀리 날아갔다.

"크으으……!"

사내가 억눌린 비명을 삼키며 뒤로 주룩 물러났다.

그때 기겁하며 사방으로 흩어지는 나머지 사내들 중 하나가 발작적으로 소리쳤다.

"알았다! 사신의 수족이라는 생사집혼(生死執魂)이다!"

몰랐는데, 그게 바로 세간에 알려진 공야무륵의 별호였다.

어느 누구의 입에서부터 시작되었는지는 모르겠으나, 그간 설무백과 함께 강호행을 하면서 숱한 목숨을 취한 대가로 얻은 공야무륵의 별호가 바로 생사집혼인 것이다.

자신에 관한 소문은 자신이 가장 늦게 듣는다더니 딱 그 짝인 것인데, 당연하게도 정작 공야무륵은 그게 무슨 말인지도 모르고, 알려고 들지도 않은 채 다른 표적을 향해서 이동하고 있었다.

촤악-!

다시금 섬뜩한 소음이 터지며 또한 사내의 팔이 어깨에서부터 댕강 잘려져서 바닥으로 떨어졌다.

"으아악!"

새삼 단말마처럼 찢어지는 비명이 터지는 가운데, 너무 빨라서 흐릿해 보이는 공야무륵의 신형이 장내를 누볐다.

사내들은 이제 더 이상 주저하거나 망설이지 않고 사력을 다해서 도망치고 있었으나, 이미 천마십삼보와 더불어 천하양대전설로 통하는 다라십삼경 중 하나인 다라제칠경 무량속보가 벌써 육성의 경지에 달한 공야무륵의 속도는 그들이 넘어설수 있는 것이 절대 아니었다.

그래서 결과는 벌써 정해져 있었다.

"크아악!"

뒤를 이어서 연거푸 다섯 번의 비명이 장내를 가로질렀고, 다섯 개의 팔이 바닥에 떨어져서 피바다를 이루었다.

여덟 명의 사내가 여덟 명의 외팔이로 바뀌는 데 걸린 시간은 불과 일각밖에 되지 않았다.

"이, 이게 대체 무슨……?"

비록 일격에 팔 하나를 잃은 것은 같았지만, 유일하게 나가떨어지지 않고 자기 발로 스스로 물러나서 버티고 서 있던 사내가 경악과 불신에 찬 눈빛으로 공야무륵과 그 뒤에 서서 지켜보던 설무백을 번갈아 보며 말을 더듬었다.

"새, 생사집혼 당신이 왜 여기……? 아니, 그럼 당신이 바로 사, 사신……?"

공야무륵은 사내의 말에는 전혀 신경도 쓰지 않은 채 도끼를 허공에 휘둘러서 피를 털어 내며 설무백을 바라보았다.

이 정도면 되었느냐고 물어보는 눈빛이었다.

설무백은 가만히 고개를 끄덕여 주며 애써 버티고 서서 바라보고 있는 사내를 향해 말했다.

"내가 오늘 너희들의 목숨을 취하지 않는 이유는 이런 일이 반복되는 것이 귀찮아서다. 그러니 목숨을 부지한 것에 만족하고, 돌아가거들랑 아는 모든 사람에게 전해라. 풍잔의 객주 설무백을 노리지 말라고. 그는 아주 위험한 인물이라고."

사내는 대답하지 않았다.

반항하는 것이 아니라 설무백의 위압감에 완전히 눌려서 입조차 제대로 떨어지지 않는 모습이었다.

설부백은 대답을 기다리지 않고 발걸음을 옮겨서 자리를 벗어났다.

태양신마가 잰걸음을 밟아서 그런 그의 곁으로 붙으며 고개를 갸웃거렸다.

"어찌된 상황인지는 대충 알겠는데, 참 묘하구나. 놈들이 왜 직접 너를 노리지 않고 저 따위 애송이들을 이용하는 거지?"

설무백은 그간의 사정을 전혀 모르고 있는 태양신마가 이해하기 쉽도록 간단하게 설명해 주었다.

"직접 노리기도 했는데, 얼마 전부터 이런 잔머리를 쓰네요. 둘 중 하나겠죠. 최대한 자신들의 전력을 지키려는 거든가, 아니면 모종의 이유가 생겨서 직접 나설 수 없는 상황이던가."

천외천의
주인

태양신마가 새삼스러운 눈초리로 설무백을 보았다.

"대단한 자신감이군. 아무래도 상관없다 이거냐?"

설무백은 무심하게 대꾸했다.

"이러나저러나 벌어질 일들은 결국 벌어질 테니까요."

태양신마가 헛웃음을 흘렸다.

"전부터 생각한 건데, 넌 어린놈이 무슨 모진 풍파 겪으며 인생 다 살고 득도한 도사처럼 굴 때가 종종 있더라?"

설무백은 픽 웃으며 확인했다.

"지금이 그 종종에 속하는 거겠죠?"

태양신마가 거두절미하고 물었다.

"말해 봐라. 대체 내가 모르는 게 뭐가 더 있는 거냐?"

설무백은 의외로 예민한 구석을 가진 태양신마의 성정에 이채로움을 느끼며 에둘러 대답해 주었다.

"서두르지 마세요. 풍잔에서 지내다 보면 차차 자연히 알게 될 테니까요. 그보다……."

그는 불편한 심기를 드러내는 표정인 태양신마의 입에서 다른 얘기가 나오기 전에 서둘러 말문을 돌렸다.

"저 친구들은 여기서 보내죠? 탕산에서 무슨 일이 벌어질지도 모르는데, 굳이 같이 갈 필요 없잖아요?"

태양신마의 수족인 일륜회의 무몽과 두 사내를 두고 하는 말이었다.

굳이 드러내진 않았지만, 무몽은 몰라도, 나머지 두 사내는 상대적으로 하수들이라 적잖게 신경이 쓰였다.

태양신마가 자기도 같은 생각이라는 듯 고개를 끄덕이는 것으로 수긍을 표시하며 무몽과 두 사내를 쳐다봤다.

무몽이 냉큼 뒤로 빠졌다.

태양신마가 미간을 찌푸렸다.

"뭐 하는 짓이야?"

무몽이 퉁명스럽게 대꾸했다.

"갈 수 없다는 짓이죠. 제가 어떻게 회주를 버리고 혼자 갈 수가 있겠습니까. 절대 안 될 일입니다!"

태양신마가 눈을 부라렸다.

"내가 물건이냐, 버리게?"

"아, 그게 그 뜻이 아니라……!"

"닥쳐!"

태양신마가 자못 사납게 무몽의 말문을 막고는 나머지 두 사내를 향해 말했다.

"너희들만 먼저 가라. 이놈은 가다가 사고 칠까 봐 안 되겠다. 너희들도 그게 편하지?"

"아, 예, 뭐……."

두 사내가 당연히 그런 것 같으면서도 무몽의 눈치를 보는지 말을 얼버무리며 공수했다.

"그럼 먼저 풍잔으로 가서 기다리겠습니다, 회주!"

무몽이 끝까지 방심하지 않는 태도로 자리를 떠나는 두 사내를 지켜보다가 두 사내의 모습이 완전히 시야에서 사라지자 이제 자신은 가지 않아도 된다는 사실을 확신한 듯 헤벌쭉 웃었다.

태양신마가 자못 매서운 눈초리를 던져서 그런 무몽을 찔끔하게 만들고는 설무백을 향해 한숨을 내쉬며 말했다.

"이미 알았는지 모르겠지만, 이놈은 허술한 대가 많은 놈이라 내 곁에 둬야 한다. 괜찮지?"

설무백은 웃음으로 화답하며 말했다.

"조금 서두르도록 하죠. 아무래도 밤에 도착하는 것은 실례가 될 테니까."

태양신마가 어깨를 으쓱했다.

"얼마든지."

설무백은 즉시 경신술을 펼쳤다.

태양신마가 즉시 그 뒤를 따르고, 공야무륵과 검영도 기다린 것처럼 빠르게 그 뒤에 붙었다.

빨랐다.

마치 간발의 차이를 두고 서너 대의 화살이 쏘아진 것과 같은 모습이 연출되고 있었다.

암중에서 설무백의 일거수일투족을 주시하던 눈빛의 주인

이 빠드득 이를 갈며 한마디 흘린 것은 바로 그렇게 그들이 자리를 떠난 다음이었다.

"찾았다, 이놈!"

영웅본색英雄本色 (8)

탕산은 설명 들은 바대로 서쪽은 하남성이, 북쪽은 산동성이, 남쪽은 강소성이 성 경계를 두고 있어서 사각보라는 이름이 왜 지어졌는지 첫눈에 알 수 있는 안휘성의 북부 끝자락에 자리잡았고, 방대한 지역에 걸쳐 울창한 수림을 펼치고 있었다.

설무백 일행은 예정대로 노숙을 포함한 하루 한나절의 이동을 통해서 밤이 아닌 낮에, 정확히는 해가 중천에 뜬 정오에 그와 같은 탕산의 전경을 마주했다.

그리고 하남성의 성 경계를 넘어서 탕산의 서편 산마루로 진입한 그들은 미처 산기슭으로 접어들기 무섭게 개양채의 사내들을 만났다.

나름 인적이 없는 외진 곳을 선택했음에도 불구하고 산채의 거포(拒捕 : 녹림산채의 경비병)가 있었던 것이다.

"여긴 허용된 통행로가 아닌데, 왜 이곳으로 오는 거야? 죽고 싶으냐?"

숲이 시작되는 곳에서 나와서 앞을 막은 산채의 거포들은 다섯 명의 사내였고, 그중 앞에 나서서 설무백 등을 훑어보며 묻는 사내는 지휘자인 듯 수염을 기른 장대한 체구의 중년인이었다.

사실 거포는 말이 산채의 경비병이지 그곳 산채의 진정한 식구인 정예라는 뜻이고, 과연 그 뜻에 걸맞게 중년 사내의 태도는 천박할 정도로 직설적인 위협과 무관하게 거만하기 짝이 없었다.

공야무륵이 어느새 살기를 드리운 채 허리의 도끼를 만지작거리며 나섰다.

설무백은 그가 입을 열기 전에 먼저 말했다.

"개양채의 홍호자인가?"

"그런데?"

"산귀 어른을 만나러 왔다."

중년 사내가 심상치 않게 변한 눈초리로 설무백과 일행을 유심히 훑어보았다.

"너희들이 누군데?"

설무백은 무심하게 대꾸했다.

"일개 거포에게까지 신분을 밝히고 싶지는 않으니까, 괜히 다치지 말고 그냥 조용히 안내하지?"

중년 사내가 심각하게 일그러진 표정으로 머뭇거렸다.

눈치는 멀쩡해서 설무백 등이 무언가 예사롭지 않다는 느낌은 드는데, 선뜻 고분고분 물러나기에는 자존심이 상하는 모양이었다.

설무백은 어디를 방문하든 간에 매번 이런 식으로 시간을 지체하는 것이 짜증 나서 싸늘하게 한마디 더했다.

"내가 여기 적으로 왔다면 너희들은 이미 다 죽었다. 모르겠나?"

중년 사내가 설무백의 압도적인 기세에 눌린 듯 절로 한 발짝 물러났다.

그러고는 그게 부끄럽고 창피한지 못내 얼굴을 붉히고는 서둘러 자신을 소개하며 길을 열었다.

"개양채의 거포 허(許)가요. 따라오시오."

중년 사내, 허 가가 앞장섰다.

설무백 등이 그 뒤를 따르자 나머지 사내들이, 바로 개양채의 홍호자들이 그들을 감시하듯 뒤에서 걸어왔다.

그들, 행렬은 그렇게 숲이 우거진 산기슭으로 들어섰고, 하늘을 가린 나무숲 사이로 굽이굽이 이어진 산길을 따라 산허리를 돌아서 절벽처럼 가파른 비탈길을 등지고 자리한 거대한 목책으로 둘러싸인 산채에 도착했다.

개양채였다.

목책으로 이루어진 개양채의 문은 열려 있었고, 안팎으로 적잖은 사내들이 삼엄하게 늘어서 있었다.

예상하고 있던 상황이었다.

설무백은 산길을 거슬러 오면서 주변으로 몇 번의 인기척이 스쳐 지나가는 것을 느꼈었다.

녹림산채에서 수색과 정탐, 연락책인 순풍이(順風耳)들이 사전에 그들의 움직임을 파악해서 산채에 연락을 취했던 것이다.

다만 개양채의 영내로 들어서자 미처 예상하지 못한 상황이 설무백 일행을 기다리고 있었다.

높은 목책으로 만들어진 문 안쪽에 자리한 드넓은 공터였다.

전면의 길은 급격히 좁아지고, 좌우로 비탈진 언덕을 따라 크고 작은 통나무집이 포도송이처럼 다닥다닥 붙어 있어서 마치 인위적으로 만들어 놓은 거대한 비무장처럼 보이는 그곳에 여러 사람을 병풍처럼 뒤에 거느리고 앉아 있는 반백의 노인 하나가 있었다.

태사의에 앉아 있는 그 노인은 바로 산왕 또는 산신군이라고도 불리는 녹림도 총표자 산귀였다.

앞서 길을 안내하던 허 가가 슬쩍 설무백 등을 돌아보며 멈추라는 눈치를 주고는 산귀에게 가까이 다가갔다.

산귀의 곁에 서 있던 염소수염의 노인 하나가 앞으로 나서며 허 가의 앞을 막아섰다.

허 가는 직책상 혹은 서열상 녹림도 총표파자인 산귀에게 직

천외천의
주인

접 보고할 위치가 아닌지 앞으로 나선 그 염소수염의 노인에게
공수하며 말했다.

"총표파자를 찾아온 손님입니다."

염소수염의 노인이 물었다.

"어디의 누구라더냐?"

허 가가 곤혹스러운 표정으로 말을 얼버무렸다.

"총표파자에게 직접 밝히겠다고 해서……!"

"알았으니, 물러나거라."

염소수염의 노인이 싸늘한 목소리로 허 가를 내치고는 그보
다 더 싸늘한 시선으로 설무백 등을 바라보며 물었다.

"본인은 녹림총단의 문신(門神)인 모초도(毛草到)요. 대체 누가
무슨 용무가 있어서 찾아온 것이오?"

문신이라면 바로 산채의 모사(謀士)를, 바로 군사를 일컫는 녹
림의 흑화였다.

기실 녹림총단의 문신이라면 상당한 지위인데, 나름 하대를
하지 않고 예의를 지키고 있었다.

다만 설무백은 그때까지도 앞으로 나선 모초도가 아니라 그
뒤쪽 태사의에 앉은 산귀에게 시선을 두고 있었다.

산귀는 크지도 작지도 않은 보통의 체구에 넓은 어깨를 가
졌고, 유현(幽玄)한 빛을 담고 있는 깊은 두 눈과 주름살로 보이
지만, 사실은 오통 상처투성이인 얼굴이 예사롭지 않은 느낌을
주는 노인이었다.

아무리 봐도 소문에 입각해서 상상했던 것처럼 산적두목답게 흉악한 인상이거나, 탐욕과 타성에 젖어 비대해진 몸집도 아니라 청년처럼 건장한 체격에 심도 깊은 눈빛을 가진, 그야말로 흑도 고수의 풍모를 제대로 보여 주는 인물인 것이다.

그런데 이상하게도 어딘지 모르게 무력해 보인다는 인상을 지울 수가 없었다.

설무백은 그 생각에 몰두해 있다가 모초도의 질문을 뒤늦게 인지하는 바람에 미안한 마음이 들었는데, 그렇다고 애초의 생각을 바꿀 수는 없는 노릇이라 멋쩍게 웃으며 말했다.

"미안하지만 따로 자리를 마련했으면 좋겠소. 아까 허 가라는 저치에게도 미리 밝혔지만, 나름 사정이 있어서 적어도 이 자리에선 신분을 밝히기가 곤란하오."

모초도의 안색이 붉어졌다.

설무백이 그를 외면하고 뒤쪽의 태사의에 앉은 산귀를 바라보며 말했기 때문이다.

산귀는 그저 바라볼 뿐 말이 없었다.

심드렁한 얼굴에 무미건조한 눈빛이라 설무백으로서도 그가 지금 무슨 생각을 하고 있는지 전혀 짐작하기 어려웠다.

모초도가 시종일관 산귀와 시선을 마주하고 있는 설무백을 노려보며 투덜거렸다.

"무슨 대단한 신분을 가졌다고 그러는지 모르겠구려. 하물며 이 자리에는 녹림총단과 개양채의 식구들밖에 없는데, 그럼 귀하는 우리 녹림총단과 개양채의 식구들을 믿지 못하겠다는 소리요?"

설무백은 이제야 모초도에게 시선을 주었다.

불쾌한 감정을 가득 담은 눈빛이었다.

퉁명스러운 목소리가 그 뒤를 따랐다.

"당신에게 물어본 거 아닌데?"

모초도의 안색이 붉어지다 못해 썩은 대춧빛으로 물들었다.

설무백은 상관하지 않고 다시금 그를 외면하며 산귀를 채근했다.

"싫으면 싫다고 어서 거절해 주시오. 그리 시간이 없는 것은 아니지만 이런 일로 기다리는 건 지루해서 싫소."

모초도가 참지 못하고 발끈했다.

"아니, 이자가 정말……!"

"그만."

산귀가 그제야 나서서 짧은 한마디로 모초도를 제지하며 재우쳐 설무백을 향해 말했다.

"고수군. 대체 어느 고인이 있어 귀하 같은 고수를 배출한 것인지 심히 궁금할 정도야."

설무백은 심드렁하게 대꾸했다.

"그건 이 사람이 원하는 대답이 아니오만?"

산귀가 가만히 고개를 끄덕이며 대답했다.

"자리를 옮기지."

"사부님!"

산귀의 뒤에 시립해 있던 사내들 중 일부가 경기를 일으키듯 놀라서 나섰다.

그건 절대 안 된다는 기색인데, 비록 입을 열지는 않았어도 주변에 늘어선 사내들도 거의 다 그들과 같은 기색이었다.

산귀가 그런 사내들에게 눈총을 주었다.

"제발 사람 보는 눈 좀 키워라. 막내도 알아본 것을 어찌 너희들은 알아보지 못한단 말이더냐?"

"예……?"

"우리들 중 누구도 저 은발 친구의 적수가 되지 못한다는 소리다."

갑자기 긴장한 사내들이 있는 데 반해 두 눈을 휘둥그렇게 뜨며 산귀와 설무백을 번갈아 보는 사내들도 있었다.

도저히 믿을 수 없다는 표정들이었다.

산귀가 끌끌 혀를 찼다.

"게다가 저 은발 친구의 동료들도 다르지 않다. 다들 나조차 호각을 장담하기 어려워 보이는데, 너희들은 어떨 것 같으냐? 하물며 눈에 보이지 않는 저들의 동료들은 또 어떻고?"

"……!"

사내들이 놀라서 사방을 두리번거렸다.

대체 어디까지 감지했는지는 모르겠으나, 산귀는 지금 장내에 눈에 보이지 않는 설무백 등의 동료가 있음을 알아차린 데 반해 그들은 여전히 전혀 모르고 있는 것이다.

산귀가 새삼 한숨을 내쉬며 설무백을 향해 말했다.

"따라와라."

그러고는 여전히 미심쩍은 기색으로 사방을 두리번거리고 있는 사내들을 향해 버럭 고함을 질렀다.

"뭣들 하는 게야! 어서 칠성각(七星閣)으로 가지 않고!"

사내들 중 대여섯이 나서서 산귀가 앉아 있는 상태로 태사의를 들고 빠르게 안쪽의 길로 나아갔다.

내내 황망한 표정이던 문신 모초도가 정신을 차리며 허둥지둥 그 뒤를 따라가는 가운데, 설무백은 절로 미간을 찌푸리며 태사의와 함께 드려가는 산귀를 바라보았다.

'다쳤나?'

아마도 그럴 것이다.

그게 아니라면 굳이 이런 모습을 보여 줄 이유가 없었다.

그때 뒤로 빠져 있던 거포 허 가가 설무백의 곁으로 다가와서 새삼 길 안내를 자청했다.

"이쪽으로."

설무백은 문득 새삼스러운 눈빛으로 허 가를 보며 물었다.

"당신이 산귀 노야의 막내 동생?"

허 가가 어깨를 으쓱했다.

"어쩌다 보니……."

설무백은 실소했다.

아까 막내 운운하는 산귀의 말을 듣고 혹시나 했던 짐작이
사실이었다.

거포 허 가는 산귀의 막내 동생이었던 것이다.

물론 친동생이 아니라 의동생이었다.

그래서 어쩌면 설무백이 그걸 아는 것이 오히려 이상한 일일
지도 몰랐다.

산귀는 호사가들이 돈이나 여자를 두고 농을 할 때나 쓰는
다다익선(多多益善)이라는 말을 의형제의 숫자로 실현하는 사람
으로 유명했기 때문이다.

일설에 의하면 자신의 절기를 전한 제자는 딱 하나가 전부였
으나, 이러쿵저러쿵 하다가 결의를 맺은 의형제의 숫자는 이미
오래전에 백 명을 넘겼다고 알려져 있었다.

그리고 개중에는 녹림도가 아닌 인물들도 적지 않아서 호사
가들 사이에서는 정작 산귀 그 자신조차 모르는 형제들도 적지
않을 것이라는 얘기가 오갈 정도이니, 설무백이 아니라 다른
누구라도 허 가가 산귀의 의형제라는 것을 몰라봤다고 해서 이
상하게 볼일이 전혀 아닌 것이다.

설무백이 내심 그런 생각을 하면서도 어쩔 수 없니 멋쩍은
기색인 참인데, 허 가가 대수롭지 않다는 태도로 다시 말했다.

"대형께서 결의를 맺은 형제들은 나도 아직 다 숙지하지 못
하고 있소. 대형께서 알려 주신 이름을 다 숙지한다고 해서 그
게 정말 다인 건지도 확실하지 않고 말이오. 시시때때로 대형조

차 형제들의 이름이나 숫자를 달리 말하실 때가 있을 정도라, 가끔 나는 내가 정말 막내인지도 의심스럽다오. 그러니 신경 쓰지 마시오."

그는 슬쩍 설무백을 보고 웃으며 말을 끝맺었다.

"귀하가 모르는 게 당연한 거고, 아까 내가 조용히 하지 않았으면 다치는 것도 당연했을 것 같으니까."

설무백은 아까 전에도 선뜻 자신의 부족함을 인정하며 물러나는 허 가의 태도가 매우 인상 깊었다.

물론 세상에 거칠고 포악하고 성마른 성격의 산적만 있는 것은 아니지만, 그래도 명색이 산적의 길로 들어선 사내가 그다지 겁을 먹은 것 같지도 않은 상태에서 그러기란 정말 쉬운 일이 아니었다.

그런데 지금도 그와 유사한 느낌이 들었다.

분명 상승의 경지를 이룬 무공의 고수가 아님에도 허 가의 태도에서는 그 정도의 여유가 느껴졌다.

이런 건 배우거나 익혀서 되는 게 아니다.

타고나는 거다.

설부백은 내심 그런 생각을 하며 새삼 이채로운 눈빛으로 허 가를 바라보니, 이제야 수상쩍고, 또 이제야 눈에 띄는 특이점이 있었다.

중년 사내가 허 씨라는 것과 비교적 짧은 검을 허리가 아닌 등에 매고 있다는 사실이 바로 그것이었다.

'허 씨에, 등배의 검이라……? 혹시 내가 모르는 유명한 고수인 건가?'

설무백은 혹시나 하고 물었다.

"허 가라고 했는데, 이름이 어떻게 되지?"

허 가가 대답했다.

"외자 저(褚)요."

그는 멋쩍게 웃으며 덧붙였다.

"옛날 옛적 위(衛)의 무제(武帝) 조조(曹操)가 '나의 번쾌(樊噲)'라 불렀다는 맹장 허저와 같은 이름이라오."

설무백은 어이없는 표정으로 허저를 바라보았다.

그의 이름이 그 옛날 위나라의 맹장 허저와 같은 이름이라서가 아니었고, 그가 모르는 고수라서는 더더욱 아니었다.

이제 보니 허저는 그가 익히 잘 아는 사람이었다.

지난날 그가 북개방의 장로 파면개를 통해 얻은 정보로 중원을 돌며 찾아다니던 인재들 중 인연이 닿지 않는 바람에 피치 못하게 포기한 인재 중 하나가 바로 허저였다.

그는 새삼스럽게 허저를 살펴보고는 절로 헛웃음을 흘리며 말했다.

"그럼 그 얼굴이 이제 고작 스물한 살이라는 거야?"

"아, 예. 뭐…… 제가 고생을 많이 해서 겉늙은 편이라…… 응?"

무심결에 대답하다가 이내 무언가 이상하다는 것을 깨닫고는 두 눈을 끔뻑이며 설무백을 바라보았다.

"그걸 어떻게 아시죠?"

설무백은 그저 웃으며 대답했다.

"그냥 알아."

이름 허저.

절강성의 성도인 항주의 전당강변에 자리한 작은 마을인 양촌(陽村)에서 출생.

부둣가의 하역(荷役)으로 살아가는 가난한 가정의 이남이녀 중 장남으로, 불과 열 살도 되기 전에 아버지를 여의고, 동네의 온갖 잡일을 도맡아 하며 지병으로 누운 어머니와 세 동생을 부양함.

열아홉 살이 되던 해, 새벽에 일어난 화재로 인해 가족 전원이 사망.

허저가 모종의 사태로 일을 하다가 그만둔 인근에서 가장 불량한 자들이 운영하는 백리당포(百里當鋪) 패거리의 소행으로 추정.

닷새 후, 백리방포의 패거리 삼십여 명 전원이 처참하게 죽은 시체로 발견됨.

관에서 가장 먼저 허저를 의심하고 잡아들였으나, 허저는 지난 사흘 내내 술독에 빠져 살았고 사건 당일도 모처의 술도가에서 내준 술을 마시고 취해서 뻗어 있었다는 증언들이 줄줄이 나오는 바람에 혐의 없음으로 풀려났으며, 그날로 마을을 떠나서 녹림도가 됨.

허저가 어린 나무꾼 시절에 우연찮게 인연이 닿은 전대의 흑도고수 서천노조(西天老祖)의 진전을 물려받았다는 사실은 그가 천인사도(天刃死刀)라는 별호를 얻고 나서 불과 서른한 살의 나이로 흑도십웅의 자를 차지하면서 알려짐.

이것이 바로 설무백이 전생의 기억을 통해서 알고 있는 허저의 내력이었다.

다만 그의 기억에 착오가 있었던 것인지, 아니면 그의 환생이 역사의 흐름을 변화시킨 까닭인지는 몰라도, 그가 이 년여 전에 항주의 전당강변에 자리한 양촌을 찾아갔을 때, 허저는 이미 떠나고 없었다.

그런데 만나게 될 사람은 어떻게든 만나게 되는 모양이었다.

허저를 다시 만나게 되리라고는 꿈에도 상상하지 못한 일이었기에 그저 까맣게 잊고 있었는데, 이렇듯 만나게 된 것이다.

"그나저나, 고향은 왜 그리 일찍 떠난 거냐?"

설무백의 이어지는 질문에 가뜩이나 이게 무슨 일인가 싶은 표정이던 허저가 실로 정신을 못 차리겠다는 듯 두 눈을 멀뚱거리며 되물었다.

"제가 고향을 떠나오긴 했습니다만, 그게 일찍 떠난 건지 어떤 건지는 저도 잘 모르겠네요. 대체 왜 제가 일찍 고향을 떠났다고 생각하는 거죠? 아니, 그보다 저에 대해서 얼마나 알고 있는 겁니까?"

설무백은 사뭇 예리한 허저의 반문에 자신이 너무 앞서나간 것 같다는 생각을 들었으나, 내친김에 그냥 말했다.

"거의 다. 그래서 하는 말인데, 너는 녹림하고 어울리지 않는 사람이야. 그러니 일찌감치 관둬. 바라기에 내게 오는 게 좋지만, 그게 싫으면 그냥 딴 길을 알아봐."

허저가 어처구니가 없다는 표정으로 실소했다.

설무백의 말이 너무나도 황당하게 들렸는데, 그게 부정적인 의미 같지는 않았다.

이어지는 말이 그랬다.

"점쟁이십니까?"

설무백은 픽 웃으며 대답하려다가 그만두었다.

태사의에 앉은 채로 저만치 앞서 가던 산귀가 돌아보고 있었다.

"그사이 친해진 모양인데, 나머지 친분은 나중에 쌓도록 하지?"

낮은 음성이라 무슨 얘기인지 제대로 듣지는 못했어도 그들이 두런두런 무언가 대화를 나누고 있다는 사실이 못내 신경이 쓰인 것 같았다.

그들을 쳐다보는 산귀의 눈빛에 호기심이 가득했다.

그렇다고 산귀가 불쑥 끼어들어서 그들의 대화를 끊은 것은 그런 호기심과는 별개의 일이었다.

어느새 그들은 도심에서도 흔히 볼 수 없을 정도로 거대한 전각 앞에 도착해 있었다.

비스듬한 언덕인 좌우와 뒤쪽으로 크고 작은 통나무집이 다 닥다닥 붙어 있어서 유독 웅장해 보이는 대전인 칠성각이었다.

설무백은 가볍게 어깨를 으쓱이는 것으로 산귀의 말에 화답 하며 짧은 한마디 속삭임으로 허저와의 대화를 정리했다.

"따로 자리 한번 만들어. 해 줄 얘기가 더 있으니까."

허저가 왠지 모르게 주변을 의식하며 잠시 머뭇거렸다.

그러다가 무언가 작심한 표정이 되었는데, 마침 그때 앞서 칠성각으로 들어가던 산귀가 재촉했다.

"뭐 하나, 어서 안 들어오고?"

허저가 어색하게 웃는 낯으로 설무백을 향해 대답 대신 가만 히 고개를 끄덕이며 칠성각의 내부를 가리켰다.

"들어가시죠?"

산귀가 가마처럼 네 사람이 든 태사의에 앉은 채로 먼저 칠 성각의 내부로 들어가고 있었다.

설무백은 허저의 손짓에 따라 그 뒤를 따라갔다.

이유는 모르겠지만, 칠성각의 내부는 허락된 사람을 제외하 곤 출입이 엄격하게 통제되는 공간으로 보였다.

산귀의 곁을 따르던 사람들 중 호위들도 보이는 사내들의 대 부분이 칠성각의 문 앞에서 멈추었다.

흡사 도주로를 차단하는 것처럼 설무백 등의 뒤를 따르던 사 내들도 그랬다.

서너 명을 제외한 대부분이 칠성각의 내부로 들어서지 못하고 마치 배웅을 하듯 안으로 들어가는 산귀 등을 향해 깊이 고개를 숙이고 있었다.

사람들이 그렇게 추려지니, 막상 산귀를 따라서 칠성각의 내부로 들어선 사람들은 그리 많지 않았다.

설무백 등을 제외하면 고작 삼십여 명이 다였다.

사실 굳이 따지면 일개 전각의 대청에 들어선 인원이 삼십여 명이면 적은 숫자는 아니었지만, 워낙 모인 사람이 많았고, 칠성각의 대청은 실로 넓어서 더더욱 휑한 느낌을 주고 있는 것이었다.

그렇게 칠성각의 문이 닫히고, 대청의 내부가 소리 없이 정리되었다.

설무백은 그제야 깨달았다.

'이거였나?'

문이 닫힘과 동시에 대청의 분위기가 갑자기 싸늘하게 식어 버렸다.

뺨이며 콧잔등이 자꾸 가려워지는 것은 단지 기분 탓이라고 쳐도, 대번에 대청을 자욱하게 물들이는 예리한 적개심과 날카로운 살기는 엄연한 현실이었다.

'함정!'

설무백이 그것을 깨달으며 그게 대한 당연한 반응으로 점점 불쾌해지는 참인데, 산귀가 메마르게 웃는 낯으로 쳐다보며 말했다.

"이제 안 것 같은데, 의심하지 마라. 지금 네가 생각하는 것처럼 실로 여기 칠성각의 대청은 함정이니까."

말과 동시에 산귀가 순간적으로 손을 뻗어서 태사의의 옆에 늘어져 있던 검은 줄을 당겼다.

순간, 대청의 천장에서 떨어져 내린 사각의 철창이 설무백 등을 가두었다.

철컹-!

뒤늦게 터진 쇳소리가 사람들의 고막을 때렸다.

기관진식이 어찌나 정교하면서도 빠르게 작동했는지 설무백 등이 가두어진 다음에야 쇳소리가 터진 것이다.

그러나 설무백 등은 졸지에 철창 안에 가두어졌음에도 불구하고 누구 하나 놀라거나 당황하지 않았다.

산귀가 그런 그들의 모습을 예의 주시하며 말했다.

"만년한철로 제련한 철창이다. 설령 상대가 천신(天神)이라도 절대 빠져나갈 수 없도록 만든 것이지."

설무백은 태연하게 말을 받았다.

"그보다 왜 지금 우리를 이렇게 가둔 건지부터 설명해 주는 게 어떻소?"

산귀가 눈살을 찌푸렸다.

설무백의 태연함이 거슬리는 것 같았다.

그러나 설무백의 태연함에 무언가 다른 의미를 부여하기에는 철창의 견고함이 너무나도 믿음직스러운 모양이었다.

그는 곧바로 본래의 기색을 회복하며 대답했다.

"내가 좀 아파. 근데, 나를 아프게 만든 놈들이 꼭 나를 찾아올 것 같더란 말이지. 이 함정은 그래서 만든 거다."

설무백은 이제야 이해가 가서 고개를 끄덕이며 물었다.

"내가 그놈들과 한편인 것 같다 이거요?"

산귀가 빙그레 웃으며 대답했다.

"그야 낸들 아나. 이제부터 알아봐야지. 그걸 알아보려고 거기 가둔 거 아니겠나."

그는 이내 거짓말처럼 싸늘해진 안색으로 변해서 말했다.

"지금부터 나는 묻고 너는 대답을 하는 거다. 아주 진실 되게, 추호의 거짓도 없이. 네가 왜 그래야만 해야 하냐면 나는 절대 두 번 묻지 않을 생각이고, 지금 이곳 대청의 사방에는 극독이 발라진 채로 거기 철창을 향해 쏘아질 암기가 얼추 수만 개를 헤아리기 때문이다. 요컨대 죽기 싫으면 제대로 대답하라는 소리다. 알겠지?"

설무백은 나름 이해했다.

고작 질문과 대답을 위해서 굳이 이런 방법까지 동원해야 하나 싶어서 기분이 나쁘기도 했지만, 한편으로 얼마나 지독하게 데였으면 이렇게까지 하겠나 싶어서 너그럽게 이해하고 넘기기로 결정하며 물었다.

"근데, 내가 거짓을 고하면 어쩔 것이오?"

산귀가 냉담하게 웃었다.

"명색이 산신군 소리를 듣는 사람이다. 진실과 거짓을 구별하는 눈 정도는 가졌다고 자부한다."

설무백은 습관처럼 미온하게 웃으며 고개를 끄덕였다.

"그럼 어서 물어보시오."

산귀가 안색을 굳히며 말했다.

"네의 정체부터 알아야겠다. 내 그리 강호사에 어두운 편이 아니라고 생각하는데, 작금의 강호 무림에 너와 같은 자가 있다는 얘기는 들어 본 적이 없어. 대체 누구냐, 너는?"

설무백은 대답에 앞서 장내를 둘러보았다.

하나같이 채주와 부채주 혹은 강호 무림에 명성이 자자해서 녹림의 거두 소리를 듣는 자들이었다.

한마디로 그의 정체를 알아도 될 만한 자들인 것이다.

"본인은 감숙성 난주에서 풍잔이라는 조그만 객잔을 운영하고 있는 설무백이오. 다만 강호 무림에서는 이름보다 별호가 더 알려졌는데, 아는 사람은 나를 사신이라고 부르고 있소."

"……!"

장내가 찬물을 끼얹은 것처럼 조용해졌다.

경악과 불신의 기운이 장내에 있는 모든 사람들의 눈빛을 흔들리게 하고 있었다.

이윽고, 산귀가 버럭 했다.

"첫마디부터 거짓이라니, 참으로 애석하구나! 사신 설무백이 너와 같은 무력을 가졌는지는 모르겠다만, 그가 백발이라는 소리는 들어 본 적이 없다!"

설무백은 어깨를 으쓱하며 태연하게 대꾸했다.

"사정이 있었소."

산귀가 고개를 절레절레 흔들며 싸늘한 냉소를 날렸다.

"어떤 사정?"

설무백은 잠시 가만히 산귀의 시선을 마주한 채 뜸을 들이다가 이내 실망스럽다는 듯이 혀를 차며 탄식했다.

"필요하다면 얼마든지 설명해 줄 수 있는 사정이오만, 애석하게도 당신은 내가 무슨 말을 해도 믿을 것 같지 않은 눈빛이군. 당신 정도의 인물이라면 어쨌거나 사람을 알아보는 눈은 가졌을 줄 알았는데, 그게 아니라니 참으로 아쉽소."

"아쉽다?"

"협상이 결렬된 것 같으니, 이렇게 합시다."

설무백은 차분하고 냉정한 태도로 제안했다.

"당신은 나를 믿지 못하고, 나는 당신이 기대에 못 미치는 사람이라는 결론을 내렸으니, 나는 조용히 이 철창을 벗어나서 돌아가겠소."

산귀가 비웃었다.

"조용히 그 철창을 벗어나서 돌아가겠다고?"

"그렇소."

설무백은 잘라 말했다.

"대신 막지만 마시오."

산귀가 어처구니가 없다는 듯 실소하며 말했다.

"거기서 빠져나오겠다고 하는 것도 우습기 짝이 없는데, 나 보고 막지 마라? 대체 막으면 어떻게 된다는 거냐?"

설무백은 무심하게 대꾸했다.

"사고가 나는 거지. 그리고 선배는 섣부른 자신의 결정을 크게 후회하게 될 테고. 물론 이미 늦은 후회가 될 테지만."

"허풍이 심하군."

산귀가 말은 그렇게 하면서도 슬며시 미간을 찌푸린 채로 설무백의 시선을 마주하며 한숨도 아니고 심호흡도 아닌 숨을 내뱉었다.

왠지 모르게 무언가 찜찜해진 기분이 되어 버린 모습이었다.

설무백은 그에 아랑곳하지 않고 철창 앞으로 나섰다.

그때 내내 조용히 침묵하고 있던 태양신마가 그의 옷깃을 잡아당겼다.

"내가 해 보지."

태양신마는 설무백의 대답을 들을 생각도 하지 않고 앞으로 나서며 두 손을 내밀어서 철창의 창살을 하나씩 움켜잡았다.

철창의 창살은 어지간한 어른 팔뚝보다 더 굵었으나, 함지박만 한 그의 손아귀는 전혀 아무런 무리가 없이 쏙 들어갔다.

순간, 태양신마의 두 눈에 광망이 어리며 어깨에 걸쳐 있던 머리카락이 한 올, 한 올 하늘로 뻗쳐 올랐다.

동시에 그의 전신에서 불길이 확 일어났고, 이내 붉게 타오르던 기운을 사르며 새파란 불꽃으로 변하다가 끝내 눈부신 백색으로 작열했다.

 철창의 창살이 순식간에 온통 시뻘겋게 달아올랐다.

 거기서 뿜어진 열기가 마주한 바닥과 천장은 물론 주변의 모든 집기에 불을 붙여서 대번에 사방팔방이 활활 타오르기 시작했다.

 누군가 그제야 태양신마를 알아보며 부르짖었다.

 "태양신마!"

 철창의 창살은 과연 만년한철답게 붉다 못해 하얗게 변하면서도 크게 휘어지거나 끊어져 나가지 않았다.

 그러나 철창의 창살이 닿은 바닥과 천장은, 하다못해 거리를 두고 떨어져 있는 사방의 벽까지 견디지 못하고 서서히 균열을 일으키기 시작했고, 끝내 대청이 와르르 무너져 내렸다.

다음 권으로 이어집니다

꿈의 도약, 로크에서 하십시오
(주)로크미디어에서 신인 작가를 모십니다

즐거운 세상, 로크미디어는 꿈을 사랑하고 도전을 두려워하지 않는 작가 분들의 참신한 작품을 기다리고 있습니다. 21세기 장르 문학계를 이끌어 갈 차세대 선두 주자 (주)로크미디어에서 여러분의 나래를 활짝 펴 보시길 바랍니다.

모집 분야 판타지와 무협을 포함한 장르 문학
모집 대상 아마추어 작가, 인터넷 작가
모집 기한 수시 모집
　　작품 접수 시 유의 사항
　　　1. 파일명은 작가명_작품명.hwp형식을 갖춰 주십시오.
　　　1. 파일에 들어갈 내용은 다음과 같습니다.
　　　　─ 성명(필명인 경우 실명을 밝혀 주세요), 연락처, 이메일 주소
　　　　─ 제목, 기획 의도
　　　　─ A4용지 1장 분량의 등장인물 소개
　　　　─ A4용지 2장 분량의 전체 줄거리
　　　　─ 본문
　　　1. 작품이 인터넷에 연재되고 있다면, 게시판명과 사이트의 구체적이고 정확한 주소를 기재해 주십시오.

선택된 작품은 정식 계약 후 출판물로 간행되어 전국 서점에 유통됩니다.
작가 분은 (주)로크미디어의 전폭적인 지원하에 전속 작가로 활동하시게 됩니다.
※ 자세한 내용은 로크미디어 홈페이지(rokmedia.com)를 참조하세요.

(03920)서울시 마포구 성암로 330 DMC첨단산업센터 3층 318호
(주)로크미디어 편집부 신간 기획 담당자 앞
전화 : 02) 3273-5135
www.rokmedia.com　　이메일 : rokmedia@empas.com

The Final
더 파이널

유성 퓨전 판타지 장편소설

「아크」「로열 페이트」「아크 더 레전드」
작가 유성의 새로운 도전!

회귀의 굴레에 갇혀 이계로의 전이와 죽음을 반복하는 태영
계속되는 죽음에도 삶에 대한 의지를 불태우던 어느 날

갑자기 시작된 침식으로 이계와 현대가 합쳐진다!

두 세계가 합쳐진 순간,
저주 같던 회귀는 미래의 지식이 되고
쌓인 경험은 태영의 힘이 되는데……

이계의 기연을 모조리 흡수해
누구도 넘볼 수 없는 전사로 우뚝 서다!

변호사 윤진한

이해날 현대 판타지 장편소설

『어게인 마이 라이프』의 작가 이해날,
당신의 즐거움을 보장할
초특급 신작으로 돌아왔다!

아버지의 복수를 위해
악랄한 변호사가 되었으나 대기업에 처리당한 윤진한
로펌 입사 전으로 회귀하다!

죽음 끝에서 천재적인 두뇌를 얻은 그는
대기업의 후계자 경쟁을 이용해
원수들의 흔적마저 지우기로 결심하는데……

악마 같은 변호사가 그려 내는
두 번의 인생에 걸친 원수 파멸극!